幽霊長屋、お貸しします(二)

泉 ゆたか

PHP
文芸文庫

○本表紙デザイン＋ロゴ＝川上成夫

幽霊長屋、お貸しします（二）　目次

第一章

浮気者

一

表で呑気《のんき》に雀《すずめ》が鳴いている。風薫《かお》る初夏の清々《すがすが》しい朝だ。

「金造《きんぞう》親方、おはようございます！」

お奈津《なつ》は古い読売《よみうり》が山と積み上げられた埃《ほこり》っぽい部屋に飛び込んだ。

「おう、お奈津か。いいところに来たな」

金造が禿《は》げ頭を撫《な》でながら、柔和《にゅうわ》な顔つきなのに目元だけは鋭《するど》い、性悪なお地蔵さまといった風貌《ふうぼう》でにやりと笑った。

「どうにも腹の収まりが悪い、嫌ぁな話があるぜ。こりゃ、お奈津の種拾い修業にもってこいだ」

こんな気持ちの良い一日の始まりがやっぱりそれか、とお奈津は思わず肩を竦《すく》めた。

「金造親方、どうぞお手柔らかにお願いいたしますよ」

ほんとうは顔を顰《しか》めて、いやだいやだ、と子供のように駄々《だだ》を捏《こ》ねたい心持ちだ。それを隠して、わざと涼しい顔をした。

里の家族のために十四でお江戸に出てきたお奈津は、読み書きが得意なことを買われて、この金造の元で読売の種拾いの見習いをしている。

事件や醜聞《しゅうぶん》を集める読売の種拾いの仕事には、面倒な揉《も》め事が付き物だ。だが、金造の言葉を借りれば、今日の仕事は普段よりももっと「嫌ぁな」役回りになりそうだ。

このお江戸で種拾いの仕事を始めて二年目。

己《おのれ》を嫌いになるような情けない思いも、泣きたくなるような辛《つら》い思いも幾度《いくど》も味わった。人から煙《けむ》たがられるこの仕事にどんな意味があるのだろうと悩んだこともある。

だがこの仕事で出会ったさまざまな人々との関わりの中で、少しずつ種拾いとして誰かの役に立つことができる手ごたえを感じていた。

と、こんなふうにそろそろ己の仕事に慣れてきたような気がする時期がいちばん危ないと、このところ金造に口を酸《す》っぱくして言われていた。

「その嫌ぁなお話とはどんなものでしょうか？」

お奈津は背筋をしゃんと伸ばした。

「米吉《よねきち》の騒動さ。糸物問屋《いとものどんや》の長洲屋《ちょうしゅうや》の奉公人《ほうこうにん》から始まって、真面目な働きぶりで番頭《ばんとう》にまで上り詰めた男だよ。それがあるとき急に魔が差したんだろうね。おまさ、って十も年下の女中娘と恋仲になって、女房に三行半《みくだりはん》を突きつけたのさ」

金造はみみずがのたくったような汚い字で書かれた帳面を、指を舐《な》めながら捲《めく》った。

「それはまさに嫌ぁなお話ですね。何も悪くないのに、追い出されたお内儀《かみ》さんが気の毒です」

「いやいや、続きがあるのさ。米吉の女房のお藤《ふじ》は、そこで引き下がるような気弱な女じゃなかったってわけだ」

金造がぴしゃりと膝《ひざ》を叩いた。

「別れたくないと言ったんですね。そりゃ、お藤さんの気持ちはよくわかります」

「それだけじゃ済まねえさ。お藤は長洲屋に怒鳴り込んじまったんだ」

「ご亭主が働いているところに、ですか?」

目を丸くした。

「そうさ、亭主の米吉と浮気相手のおまさが働いている長洲屋だ。お藤は長洲屋の店先で、客の前で金切り声を上げて喚《わめ》き散らしたって話よ」

金造が、おお怖い、と震え上がる真似《まね》をする。

「そんなことをしたら、米吉さんもおまささんも……」

色恋沙汰《いろこいざた》で店に迷惑を掛けるなんて、奉公人としていちばんあってはいけないことだ。

「もちろん二人とも、その日のうちにすべてを失って暇《ひま》を出されちまったさ。追い込まれた不義の仲の二人がどうなるか、何となく想像はつくだろう？　このまま行けばお江戸に百と転がっている心中話よ。けれど大事なのはその夜だ」

金造が身を乗り出した。

「おまさは不忍池《しのばずのいけ》に身を投げて自害しようとしたところを助けられたんだ。なんでもおまさは、米吉と心中するはずが裏切られた、って話していたらしいぜ。その夜のうちに米吉とお藤の部屋は、もぬけの殻《から》になっていたそうだ」

「つ、つまり、米吉さんはそんな騒動を起こした後お内儀さんと、元の鞘《さや》に収まったってわけですか？」

「ああ、噂では、お藤が亭主におまさと片を付けてくるように命じたらしいぜ」

嫌ぁな気持ちが胸に広がった。

金造が最初に言ったとおり、どうにも腹の収まりが悪い話だ。

米吉とお藤とおまさの三人の関係。元から夫婦だった二人の間に横入りしてきたおまさは、確かに邪魔者《じゃまもの》だったに違いない。

だがいちばん悪いのはおまさではない。女房を裏切った米吉だ。

「お内儀さんのお藤さんは、それで幸せなんでしょうか」

おまさと張り合う、という意味では、亭主を取り返してすっきりすることができたかもしれない。だが必死で取り返したその男というのは……。

「そこんところを調べるのがお前の仕事さ。そりゃもちろん、米吉とお藤が幸せになんかなれるはずがねえさ。これが何事もなかったように、夫婦仲睦《なかむつ》まじくほっこり暮らしていたりでもした日には、そっちのほうが身も凍《こお》る怪談話だろう?」

やはりそうか、とげんなりした。

「きっと、この夫婦は、今頃とんでもねえどんよりした暗いもんに包まれて暮らしているはずさ。そこんところを、嫌らしくねちねちしつこくじっとりと書き綴《つづ》って持ってこい」

「わかりました。お任せください。長洲屋の番頭だった米吉さんとお藤さんですね」

お奈津は胸に差した帳面に筆を走らせた。

そのとき、お奈津のすぐ背後から男の声が聞こえた。

「種拾いの金造ってのは、あんたのことかい？」

ぎょっとして振り返ると、年の頃四十ほどの男の姿があった。開けたままにしていた戸口から入ってきたに違いないが、声を掛けられるまでその気配にまったく気付かなかった。

男は何が可笑《おか》しいのか、嘲《あざけ》り笑いを堪《こら》えるような顔で金造を窺《うかが》う。ひどく陰気な気配を纏《まと》っているのに、わざと陽気に振舞《ふるま》おうとしているような、相手の胸をざわつかせる不穏《ふおん》な雰囲気だ。

「何か用かい？　垂れ込みならいつでも大歓迎さ」

金造もいきなり現れた男に驚いたに違いない。しかし平静を装いながら、素早く男の全身に目を走らせる。

お奈津も慌ててそれに倣《なら》う。

身なりは悪くない。草履《ぞうり》がまだ新しいので、金には困っていないだろう。口元は笑いを堪えるように結ばれているのに、よくよく見ると目は油断なく光っていた。

お天道《てんとう》さまの下でまっとうに汗水垂らして働いているわけではなさそうな、どこか種拾いと同じものを思わせる風貌だ。

「生憎《あいにく》、その逆だ。私は七五郎《しちごろう》だ。さる金持ちに頼まれて、奇妙な話を集めて回っているんだ」

七五郎も金造を値踏《ねぶ》みするような目で、じっと見返した。

「奇妙な話？」

金造が眉を顰《ひそ》めた。

「私にこの仕事を命じたのは、生粋《きっすい》の怪談好きでね。国じゅうからほんとうにあった幽霊話を集めているんだ」

幽霊話、と聞いてお奈津の背がすっと冷たくなった。

「その金持ち、ってのは、最近墓場で卒塔婆《そとば》を蹴《け》っ倒したりしなかったかい？　幽霊話を集めたいなんて、正気の沙汰じゃねえや」

金造が馬鹿にした顔で、返した。

「このあたりで幽霊話を探《さぐ》っていたら、あんたのところのお奈津って娘の噂話を聞いたんだ。なんでも、内藤新宿《ないとうしんじゅく》の麹屋横丁《こうじや》の半兵衛《はんべえ》って大工の部屋に出た幽霊を、成仏《じょうぶつ》させたって話だね。あんたがそのお奈津さんかい？」

七五郎がお奈津に目を向けた。

半兵衛の名はもちろん覚えていた。

金造が見つけてきた種のうちのひとつで、人が死んだ部屋ばかりを貸すという家《や》守《もり》の直吉《なおきち》と出会ったきっかけになった出来事だ。曰《いわ》く付きの部屋を扱いながら、行方《ゆくえ》知《し》れずになった両親を探し続ける直吉に出会って、お奈津は、この世には死んだ者の想いの残る場所があることを知った。

「あんたがどんな出鱈目《でたらめ》を聞いたか知らねえが、お奈津はただの半人前の種拾いだ。幽霊を成仏させる奇妙な力なんて、少しもねえさ」

金造が割って入った。

「半兵衛はお奈津さんのおかげだ、と言っていた。どういうことだ？」

「そんなこたぁ、こっちが知ったことじゃねえさ。悪いが俺たちは貧乏暇なし、ってんで忙しいんだ。金持ちの道楽の力にはなれなそうだ」

金造がぴしゃりと言い切った。

七五郎がふいに真面目な顔をして金造に向かい合った。

「私はいろんな幽霊話を知っている。人との間に子を産んだ幽霊の話や、見たら最後、三日以内に命を落とす悪霊《あくりよう》、それに人を飲み込む幽霊屋敷。おそらくお江戸じゅうの幽霊話を知っている」

――人を飲み込む幽霊屋敷。

お奈津は、はっと顔を上げた。

「種拾いの力になれることもあるかもしれない。新しい話を集めてくれたなら、こちらも惜しみなく知っていることを教えよう。しばらく私は日本橋室町《にほんばしむろまち》にある扇屋《おうぎや》に泊まっている」

「そりゃどうもご親切にありがとうな。扇屋だね。頭に入れておくよ」

口ではそう言いつつも、金造が頭の中に大事なことを入れておくときの、こめかみを人差し指でとんとんと叩く癖《くせ》は出ない。

金造が、七五郎を一刻も早く追っ払いたいと思っているのがありありとわかった。

「言い忘れていた。子供の幽霊の話もたくさんある」

金造の動きが止まった。

「……へえ、そうかい。そりゃおっかねえな」

茶化すように笑う口元が、お奈津がこれまで見たこともないくらい強張《こわば》っていた。

金造は子供が悲しい目に遭《あ》うような「ほんとうに胸糞悪《むなくそわり》い」出来事にはひどく慎重だ。大人相手には、少しも悪びれずにあることないこと書き散らす普段の姿がまるで嘘のように、急にしゅんとする。

七五郎はその姿に満足気に目を細めた。

「それじゃあ、お邪魔をしたね。金造さんも、お奈津さんも」

七五郎は去り際に、お奈津の顔を覗《のぞ》き込んで訳知り顔で頷《うなず》いた。

二

いくつかの作戦を考えた末、お奈津は長洲屋に出入りしている御用聞《ごようき》きの男に探りを入れてみることにした。

日頃から女中たちのお喋《しゃべ》り相手になっている御用聞きならば、長洲屋のことはよく知っているに違いない。その上、御用聞きならば、女中たちのように長洲屋の主人を恐れることもない気楽な立場だ。

「番頭さん夫婦の引っ越し先なら、もちろん知っているぜ。長洲屋の旦那さんが、万が一にもまた店に迷惑を掛けられちゃたまらねえ、ってんで、人を使ってきちんと調べさせたからねえ」

物欲しげな目でこちらを見る御用聞きの男に、「煙草《タバコ》代にしてくださいな」と四文銭《もんせん》を三枚握らせた。

「ちぇっ、これっぽちかい？」

御用聞きの男は明らかに不満気な顔をしてから、

「その分、うんと嫌らしい記事を頼むぜ。長洲屋の皆が、あの夫婦が今いったいどんな面《つら》で暮らしているのか気になってしょうがないのさ」

と、浅草橋場町《あさくさはしばちょう》の裏長屋の名を出した。

米吉とお藤の引っ越し先は、さほどうらぶれているわけでもない、いたってよくある長屋だった。

路地では近所の子供たちが駆け回り、お内儀たちが井戸端語りに花を咲かせる。

——今頃とんでもねえどんよりした暗いもんに包まれて暮らしているはずさ。

拍子抜けした気分になって初めて、金造の言葉のとおり、嫌な期待をしてしまっていた己に気付く。

種拾いというのはまったく因果な仕事だ。

人の胸の内の、汚い部分をさんざん目にすることになるのはもちろんのこと。他人の幸せは妬《ねた》ましく、不幸にこそ目を惹かれてしまうという、己の心の汚れにも気付かされる。

「こんにちは。お姉さんは誰だい？　おゆうさんのお友達かい？　だったら、おゆうさんはこないだ亡くなったよ」

小さな女の子が、お奈津の足元からこちらを見上げていた。

見知らぬお奈津の姿が興味深くてならないという輝いた目だ。

「こんにちは。えっと……」

さて、どうしようと女の子に曖昧《あいまい》な笑みを返した。

「おっかさんはいるかしら？　実は、私、この長屋に引っ越してきたばかりのご夫婦について、ちょっと教えてもらいたいんだけれど」

声を潜《ひそ》めた。

「お藤さんと米吉さんのことかい？」

「ええ、そうよ。よくわかったのね」

目を丸くした。

「だって、ここんところ、いろんな人たちがこの長屋に……」

そのとき、頭の上からばっと砂のようなものが、勢いよく降り注いだ。

「きゃあ！」

女の子は金切り声を上げて、脱兎《だつと》のごとく逃げ去ってしまった。

慌てて周囲を見回すと、つい先ほどまで和やかな様子だった長屋の人たちが我先にと部屋に戻っていく。

「あんた、種拾いだね！」

驚いて振り返ると、そこに般若《はんにゃ》の形相《ぎょうそう》をした中年の女が小さな壺《つぼ》を手に立っていた。

まずい、と思う。話を聞かれていたのだ。

「とっととお行きよ！」

女が壺に手を突っ込むと、またぱっと砂のようなものを――これは塩だ。

二度と近づくな、と塩を撒《ま》かれているのだ。

「あなたがお藤さんですか？」

慌てて顔を両手で覆《おお》いながら訊《き》いた。

「あんたに答えるはずがないだろう！」

つまりこの女がお藤ということだ。

「人の気も知らないで。馬鹿にするんじゃないよ！」

「や、やめてください。すみません。もう帰ります」

お藤の怒りは凄《すさ》まじい。

捕まったら取って喰《く》われるのではないかという気迫で、まさに鬼のようだ。

この調子で長洲屋の店先で大騒ぎをしたのだろう。震え上がって、己の色恋沙汰なんて浮かれたものから、すっかり目が覚めてしまった米吉の気持ちが想像できなくはない。

「ちょいとお待ち。あんた、名を名乗りな」

お藤が真っ赤な顔をしてお奈津の腕を摑《つか》んだ。

「……奈津です」

蛇《へび》に睨《にら》まれた蛙《かえる》とはこのことだ。

「どこのお奈津だい？　親方の名を言いな」

「……金造親方のところの奈津です」

「へえ、それじゃあその金造親方に伝えておいで。次に私たちの周りをうろちょろしたら、ただじゃおかないよ、ってね。私が頭に血が上ったらどんなことをする女か、ってのは、あんたたちはもちろん知っているんだろう？」

お藤が自嘲《じちょう》気味に笑った。

「お藤さんのお気持ちもわかります。信じていたご亭主に裏切られたら、私だって先のことなんて少しも考えずに、すべてをぶち壊してしまいたい気持ちになるかもしれません」

このまま逃げ帰るだけというわけにはいかない。せめてもとお奈津が言うと、お藤の眉間《みけん》に深い皺《しわ》が寄った。

「お二人の今の暮らしを知りたかったのはほんとうです。ですが、同時に、お二人の今のお気持ちも知りたいんです」

ほんの刹那《せつな》、お藤の顔が強張った。

すぐにわざとらしい高笑いをする。

「それを読売に書いて、皆で私たちを馬鹿にして笑いものにしようってわけだろう？　冗談じゃないよ。その手には乗らないさ。さあ、水桶《みずおけ》の水を頭からぶっかける前に、ここから出ていくんだね！」

お藤がほんとうに水桶を探す素振りを見せたので、お奈津は慌てて飛び退《の》いた。

「わかりました。すみません、ご迷惑をお掛けしました」

一目散《いちもくさん》に走っていく背に、

「二度と来るんじゃないよ！」

という刺々《とげとげ》しい言葉が投げつけられた。

三

「なあお藤、お前、また何かやらかしたのか？　近所の人が、俺の顔を見た途端《とたん》に蜘蛛《くも》の子を散らすように逃げ出しちまったさ」

米吉が酒に酔《よ》った声で笑った。

もうじき四十になる米吉が今更、新しい仕事を見つけるのは難しい。かといって日銭を稼がなくてはこの部屋の店賃《たなちん》も払えない。

結局米吉は、この家を紹介した家守の直吉の口利《くちき》きで御厩河岸《おんまやがし》で積み荷卸しの仕事をしていた。

とはいっても、これまで帳面とだけ向き合っていた米吉に、若い屈強《くっきょう》な男に交じっての人夫《にんぷ》仕事が務まるはずがない。

長洲屋の番頭として肩で風を切って歩いていたのが遠い昔のような、萎《しお》れ果てて気力の失《う》せた風貌だ。

仕事を終えると妙に傷付いたような拗《す》ねた顔をして、ずっと酒を飲み続ける暮らしだ。

「種拾いの娘っ子がやってきたんだよ。私たちの居所を嗅《か》ぎ付けて、面白おかしく記事にして笑いものにしようって魂胆《こんたん》さ」

忌々《いまいま》しい、と唸《うな》るように言った。

「種拾いか……」

米吉が眉を顰めた。だがすぐにどうでも良さそうに、湯飲みに注いだ酒をあおる。

「おそらく、あの女が今どこでどうしているかも、あの種拾いの娘っ子ならすぐにわかるに違いないよ。どうだいあんた、気になるかい？　だったら種拾いの金造のところの、お奈津って娘に訊いてみなよ」

「お藤、その話はもうしねえって約束だろう？　俺はこうしてちゃんとお前のところに戻ってきたじゃねえか」

米吉が甘えるような声で言って、酒臭い息を吐いた。

お藤は素早くそっぽを向いた。

米吉の顔を見ていると、腸《はらわた》が煮えくり返るくらい腹が立った。

あの女――おまさが現れるまでの私は、この人と二人で静かで穏やかな暮らしをしていた。

米吉と所帯《しょたい》を持ったのは人の勧めだった。恋焦《こ》がれるような熱い想いを抱《いだ》いたことはなかったが、それに不満はなかった。

どこにでもいるような夫婦だったかもしれない。けれどそれなりに幸せな日々だった。

今では所帯を持って遠くで暮らしている二人の子が生まれたとき、赤ん坊に頰《ほお》を寄せて泣いて喜んでいた米吉の姿は忘れられない。

丁稚《でっち》奉公から始まった米吉が長洲屋の番頭にまで上り詰めたときは、まるで己が褒《ほ》められたように誇《ほこ》らしかった。

そんな私のささやかな暮らしを踏《ふ》み躙《にじ》った、おまさという女が憎い。

そして私を裏切った目の前のこの男のことも、憎くてたまらない。

お藤は米吉を盗み見た。

長年連れ添った夫に違いない。しかし見ず知らずの男が隣にいるような居心《いごころ》の悪さを感じた。

いや違う――。

米吉の隣に見ず知らずの誰かがいた。

「ひっ！」

お藤は思わず悲鳴を上げた。

「ど、どうした？」

米吉が真っ赤な顔をこちらに向けた。

「あ、あんた、その女……」

米吉の隣で若い女が、きょとんとした顔をしてこちらを見ていた。

顔立ちの整った美しい女だ。目元の紅には艶《つや》がある。

「おまさ！　あんたが、おまさなのかい⁉」

悲鳴を上げた。

私が長洲屋に怒鳴り込んだとき、泣いて怯《おび》えて店の奥に隠れていたというあの女。

「あんた、これはいったいどういうことだい？」

「どういうことだい、ってこっちが訊きてえぞ。いったい何のことだ？」

米吉がさすがに素《す》っ頓狂《とんきょう》な声を上げた。

女は驚いた様子で、米吉の陰に身を隠すような仕草をする。いかにも男に媚《こ》びるようなその身のこなしに、お藤の腹に煮えくり返るような怒りがこみ上げた。

「だから、その女のことだよ！」

お藤が女の腕を摑もうと手を伸ばすと、女の姿は幻のように消えた。

「お前、正気か？」

「えっ？　えっ？」

お藤は己の手と、米吉の背後とを幾度も見直す。

「……正気さ。私は正気に決まっているだろう」

お藤は熱に浮かされたように呟《つぶや》きながら、わなわな震える右手を左手で強く押さえた。

四

「ねえ、鳥太郎《とりたろう》、種拾いってのはほんとうに辛い仕事よね。人の周りをこそこそ嗅ぎ回ったりしたら、相手が嫌な気持ちになるのはようくわかっているのよ。それなのに己の仕事に一所懸命、奮闘《ふんとう》しなくちゃいけないんだから。なんだか情けなくなるわ。里のみんなに会いたいなあ」

青い羽に金色の嘴《くちばし》の美しい小鳥、相棒の鳥太郎を肩に乗せて、お奈津は千駄ヶ谷《せんだがや》へ向かった。

耳元で鳥太郎が「ちゅん」と鳴く。

お奈津を力づけてくれているような明るい声に、少し気持ちが上向きになった。

「お奈津さん、こんにちは。鳥太郎も一緒ですね。鳥太郎はずいぶんお奈津さんに懐《なつ》いていますねえ」

寂光寺《じやくこうじ》の境内《けいだい》で掃《は》き掃除をしていた月海《げつかい》が、親し気に声を掛けた。

齢《とし》よりもずいぶん若く見える丸顔の月海は、人が死んだ家専門の家守をしている直吉の、お隣同士の幼馴染《おさななじみ》だ。

寂光寺の住職を務めていて、直吉と祖母のおテルに頼まれて亡くなった人の供養《くよう》を請け負っている。

「鳥太郎、って不思議な鳥なんです。こうして私と一緒に出掛けても、決まって途中で勝手にどこかに行っちゃうんですよ。なのに必ず夜には部屋に戻ってくるんです」

「初めてお奈津さんに会ったときも、小鳥が逃げてしまって行方知れずと言っていましたよね？　いったいその間に、鳥太郎に何があったんでしょうねえ」

月海が首を捻《ひね》った。

おっと、いけない、いけない。

お奈津は慌てて口を噤《つぐ》んだ。

人が死んだ家を扱う家守の直吉。その直吉に近づくために言った口から出まかせの嘘をきっかけに、お奈津は鳥太郎と出会ったのだ。

「あ、鳥太郎」

鳥太郎が空に羽搏《はばた》いた。

「夕餉《ゆうげ》は、大根の葉っぱをたくさん用意するわ。遅くならないうちに帰っていらっしゃいね」

声を掛けると、鳥太郎は空で羽搏きながら「ちゅん」と鳴いた。

「そういえばご住職、直吉さんはどうしていますか？」

寂光寺の隣のあばら家と呼びたくなるような古い家に目を向けた。

「どうしていますか、とは？」

月海が目をぱちくりさせた。

「直吉さんのご機嫌はいかがでしょう？　あんまりご機嫌が悪いときに声を掛けてはいけないかな……と」

「何の用だ」

「わっ！」

驚いて顔を上げると、開け放った戸口から直吉が仏頂面《ぶっちょうづら》を覗かせた。

相変わらずのはっとするほど整った顔立ちだが、これも変わらずひどく顔色が悪い。

お奈津は直吉に駆け寄った。

「直吉さん、聞いていたんですね。実はお願いがあって……」

「種拾いの仕事の手伝いなら、お断りだ」

直吉とお奈津が出会ったのは、金造が拾ってきた事件の種がきっかけだ。

最初は、直吉の仕事を探れば、きっと面白い記事を書けるに違いないと思って近づいた。だが一緒にいくつかの出来事を解決していくうちに、直吉が自身の両親の失踪《しっそう》をきっかけに、この妙な仕事を続けていると知った。

いつか、己の種拾いの腕を使って直吉の両親を見つけ出すと胸に誓《ちか》っているのに、今のお奈津はまだ直吉に頼ってばかりだ。

「そ、そこをどうにか……。浅草橋場町のおゆうさんという女性が暮らしていた部屋のことなんです」

「浅草橋場町のおゆう、だって？」

「その顔はやっぱり！　米吉さんとお藤さんに部屋の手配をしたのは、直吉さんだったんですね！」

「どうして俺のところへ辿《たど》り着くんだ……」

直吉が頭を抱えた。

「私の種拾いの腕を見直してもらえましたか？」

お奈津は得意気に胸を張った。

――おゆうさんのお友達かい？　だったら、おゆうさんはこないだ亡くなったよ。

米吉とお藤の長屋の路地で、小さな女の子から聞いた言葉だ。

あの女の子は、お奈津のことを亡くなったおゆうの友達かと訊いた。つまり、おゆうというのはまだ若い女に違いない。

老人と比べて、若者が亡くなるにはそれなりの訳があることが多い。

そこからお奈津は、米吉とお藤という訳ありの夫婦に訳ありの部屋を貸したのは、直吉ではないかと見当をつけたのだ。

「あの夫婦は、とにかく急ぎで、とにかく店賃が安い部屋に引っ越したいって話で、別の家守から紹介されたのさ。人が死んだ部屋だろうが何だろうが構わない、ってことでな」

「あのご夫婦、おまささんという人について何か言っていましたか？　どうやら、ご亭主の米吉さんは浮気相手との心中の約束を裏切って、お内儀さんとお引っ越しをしたみたいなんです。さらにそれを計画したのはお内儀さんのお藤さんだとか……」

直吉が途中からうんざりした顔をした。

「米吉とおまさは、心中なんて企《くわだ》てちゃいないさ。俺はあの夜ずっと、夫婦の引っ越しの手伝いをしていたんだから間違いない。あの日の米吉は完全に腑抜《ふぬ》けて、すっかり女房の言いなりになっていたさ。心中話なんて、誰かが面白おかしくくっつけた出鱈目な話だろう？」

お奈津は、にやっと笑った。

「なるほど、なるほど、とてもいいお話を聞けました」

大きく頷いた。

「記事に書くのか？　目が輝いているぞ」

直吉が気味悪そうに言った。

「ええ、書きますとも。だって、米吉さんとおまささんは心中を企ててなんていなかったし、もちろんそれを手引きしたのはお藤さんでもないんですよね？　だったらそれをきちんと広めなくちゃいけません」

出所のわからない噂を打ち消すことのできる事実を手に入れた。そう考えると、気が進まなかったはずの仕事に急に力が漲《みなぎ》ってきた。

「これから橋場町へ行くのか？」

「そのつもりです。直吉さんから聞いた話をもとに、世の人にほんとうのことを知ってもらいましょうと説得します」

「塩を撒かれるぞ」

「えっ、どうして知っているんですか？」

お奈津は目を丸くした。

「ほんとうに塩を撒かれたのか？　それでも、もう一度行くっていうのか？」

直吉が呆《あき》れた顔をする。

「ええ、もちろんです。種拾いの仕事ってのは、そういうもんですからね。直吉さん、助かりました。ありがとうございます！」

お奈津は勢いよく走り出しながら、直吉に向かって大きく手を振った。

五

日々の鬱憤《うっぷん》が溜《た》まりすぎると、見えないはずのものが見えてしまう。そんな病《やまい》があると聞いたことがあった。

ひどくなると次第に夢か現《うつつ》かわからなくなり、正気に戻れなくなるという。

これがその病なのだとしたら、とんでもなく恐ろしいことだ。

けれど、ほんとうに幽霊がいるのとどちらが恐ろしいのかは、お藤にはわからない。

「……行ってくらあ」

二日酔いの浮腫《むく》んだ顔をした米吉が、いかにも面倒くさそうに呟いた。

騒動になる前の米吉は、いつもお藤が用意したこざっぱりした着物を着て、まっすぐに背を伸ばして仕事に向かっていた。

「よいしょっと」

慣れない人夫姿の米吉が表に出ようとすると、傍《かたわ》らの若い女が飛び上がるようにして見送りに出た。

跪《ひざまず》いて框《かまち》の奥から草履を差し出す――。ように見えただけか。草履を引っ張り出したのは米吉だ。女はただそこに手を添えているだけだ。

女はいかにも嬉しそうに米吉の肩の塵《ちり》を払い、顔を覗き込む。

米吉には、間違いなくあの女は見えていないはずだ。

女とはまるで目を合わさないし、もちろん声を掛けることもない。

それなのに、ここから眺《なが》める二人はまるで通じ合った夫婦のような姿に見えてくる。

「おっと、畜生《ちくしょう》」

力ない足取りのせいでつんのめって転びかけた米吉が悪態《あくたい》をつくと、傍らの若い女が肩を竦めてくすっと笑った。

そのまま米吉に縋《すが》り付くようにして路地まで出ると、いつまでもその背を見送っている。

昨夜、初めて目にしたときは震え上がりそうになった。

幾度も水で顔を洗い、頬を叩き、それでもいつまでもあの女の姿が部屋の中に見えると認めたら、眩暈《めまい》を覚えて寝込んでしまった。

けれど、今朝起きたときに、お藤と米吉の間に平然と横たわっていた女を目にした途端、この女はもうここで暮らすつもりなのだと知った。

女はまるで米吉の女房のように、静かに控えめに甲斐甲斐《かいがい》しく世話を焼く。

お藤のことはまったく目に入らない様子だ。

米吉を見送りに出た女が楽し気に部屋に戻ってきた。

鼻歌混じりに框を上がると、米吉がさっきまで座っていた場所に己も座り、ぼんやりと幸せそうに物思いに耽《ふけ》る。

それを眺めていると急に、この女が生身の人間で、己が幽霊なのでは、という不安に囚《とら》われた。

己の掌を見つめる。

普段よりも遠くに見えるような気がして、まさか、と冷汗が脇《わき》を伝う。

「お藤さん、あのう……」

声を掛けられてはっと我に返った。

戸口のところで、身を縮めた種拾いの娘が立っていた。

昨日、塩を撒いてやった娘だ。確か、名はお奈津といった。

「この前はすみません。どうしても、もう一度お会いしたくて」

お奈津の目はしっかり強くこちらを見ているが、体勢はひどく及び腰だ。

そんな落差に、思わずお藤は苦笑いを浮かべた。

どちらにせよ、昨日のように血相を変えてこの娘を追い払う気力は今はもうない。

「米吉さんがお藤さんに命じられて、心中の約束をしたおまささんを裏切った、という噂話は、すっかり間違っていたと知りました。きっと、もっと他にも事実と違うことが面白おかしく語られてしまっているはずなんです」

お藤はお奈津をじっと見た。

種拾いなんて下衆《げす》な仕事をしているというのに、驚くほどまっすぐな目をした娘だ。

「どうか、私にほんとうのこと、そしてほんとうのお気持ちを話していただけませんか？　私は必ず、見ず知らずの人の噂話を交えたりなんてせずに、お藤さんの言葉をそのまま記事にします」

「あんたの記事の種にされて、私にどんな得があるんだい？」

「滅茶苦茶《めちゃくちゃ》な噂話が広がったままでは、米吉さんもお藤さんもこのお江戸で暮らしづらくなってしまうと思うんです。お藤さんの言葉でいったい何があったのか、ということと、今の胸の内を語っていただければ、面白半分の出鱈目を言って回る人はいなくなるはずです」

お奈津が顔を赤くして言った。

「へえ、うまいこと言ったもんだね」

お奈津の言うことにも一理ある、と思ってしまう己がいた。けれども同時に、種拾いの口車に乗せられそうになっているだけにも思えた。

ふと思い付いた。

「ねえ、あんた。あんたには、あの女が見えるかい？」

顎《あご》で示した先には、うっすら笑みを浮かべて針仕事をする幸せそうな女の姿があった。

「へっ？　女、ですか？」

お奈津が素っ頓狂な顔をした。

「いや、いいんだ。何も見えやしないのは知っていたさ」

お藤はため息をついた。

「ねえ種拾いさん、教えておくれよ。おまさは死んだのかい？」

お奈津が息を呑んだのがわかった。

「不忍池に飛び込んだところを、運よく助けられたと聞いていますが」

お奈津は、胸元から取り出した帳面を素早く捲《めく》った。

「けど、その助けられたおまさが、うちの人に謀《はか》られた、と言ったってのはまったくの出鱈目だろう？　それじゃあ、おまさが助かったかどうかだって、ほんとうか嘘かわかりゃしないさ」

「確かにそうですね。この出来事については、すべてひとつずつ、ほんとうはどうだったのかを確かめてみないといけないとは思っています」

「きっとさんざん野次馬《やじうま》に面白がられて、適当なことを言われているんだろうさ」

お藤は自嘲気味に笑った。

「おまさが今どうしているのか調べておくれよ。そうしたら、話をしても構わないよ」

「ほんとうですか⁉　でしたら、すぐに調べます！」

お奈津の目が輝いた。

「ああ、約束するよ。もしも万が一おまさが死んでいても、必ず私にそのとおりに伝えておくれよ」

お奈津がはっとした顔をした。

「お藤さん、どうしてそう思われるんですか？」

お奈津は、お藤にだけ見えているという、針仕事をする女がいるあたりを、気味悪そうに眺めた。

六

「おまさが今どこで何をしているかって？　よしよし、ようやく気付いたな。俺が思っていたより数日早くに戻ってきたぞ」

金造が前歯の欠けた口で煎餅《せんべい》を勢いよく齧《かじ》りながら、満足気な顔をした。

「どういうことですか？」

「俺は最初に、この出来事はどうにも腹の収まりが悪いって話をしたよな？」

「ええ、覚えていますとも」

お奈津は大きく頷いた。

「なんでそう言ったと思う？」

「えっとそれは、悋気《りんき》にかられたお内儀さんが亭主の仕事を滅茶苦茶にしてしまったのに――」

「そう、それなのに夫婦が再びよりを戻して一緒に暮らしているってのが、収まりが悪《わり》ぃんだ。これが、お藤が亭主のことも浮気相手のこともみんなぶち壊しちまって、すべて忘れてすっきり新しい道を歩んでいくって話なら、拍手喝采《はくしゅかっさい》さ。なのに夫婦のよりが戻っちまったから、皆が楽しみに待っている結末ってのがいつまでもやってこねえのさ」

「皆が楽しみに待っている結末、って何ですか？」

「すっきりさっぱりすることだよ。形はどんなだっていいのさ。とにかく人目を惹くような大騒ぎを始めたからには、この出来事は、集まった野次馬たちをすっきりさっぱりさせてくれなくちゃ終わらねえのさ」

金造が身を乗り出した。

「そんな、お芝居じゃあるまいし」

お奈津は眉を顰めた。

「それでもって、こうやって収まりが悪ぃってことになると、結末を知りたくてたまらねえ奴らがそこかしこから滅茶苦茶な噂を流し始めるってのが決まりでね。ほんとうのところがどこにあるのかわかりゃしねえ。種拾い泣かせだよ」

「それじゃあほんとうの結末を迎えていない出来事を記事にするには、噂を鵜呑《うの》みにせずに、ひとつずつ調べていかなくちゃいけないんですね」

「ご名答だ！　これでお前も半人前から半歩進んだな。それでおまさについてだが、俺が代わりに調べておいた」

金造が声を潜めた。

「わわっ！　ありがとうございます！」

「おまさの腹には子がいる」

お奈津は動きを止めた。

「えっ……。それは、米吉さんの子ということですよね？」

金造が頷いた。

「おまさがそれを米吉に打ち明けようとしたまさにそのとき、お藤に怒鳴り込まれて長洲屋を追われたんだ。誰にも知られずにこっそり子を産むために、深川《ふかがわ》茂森《しげもり》町《ちょう》の姉夫婦のところに身を隠しているよ」

「それじゃあ、不忍池に飛び込んだ、なんていうのは」

「誰が言ったかわからない出鱈目さ」

金造がせせら笑った。

「そしておまささんは、間違いなく生きているんですね？」

念を押した。

「何だって？」

金造が怪訝《けげん》そうな顔をした。

「おまさが死んでいるかもなんて、どうしてそんなことを思ったんだ？　俺は一度もそんな話はしちゃいねえぞ」

鋭い目で睨まれて、誤魔化《ごまか》すことはできないと気付いた。

「実は、お藤さん、女の人の幽霊が視えているみたいなんです。嬰《やつ》れていて、目が血走っていて、おまけに『あの女が見えるかい？』なんて何もないところを指さして言うんです」

「まさかお藤は正気を失っている、ってことか？」

金造がごくりと唾《つば》を呑んだ。

「え？　は、はい、そうかもしれません」

お奈津は少々意外な心持ちで頷いた。

海千山千のはずの金造ならば、そのくらい平然と笑い飛ばすと思っていたが。

「そ、そうか。確かに、悋気のせいで気を病んじまうって話は古今東西いくらでも聞くな……」

金造が明らかに取り繕《つくろ》うようにとぼけた顔をする。

「私との受け答えは正気そのものだったように思います。おまささんがどうしているかを教えてくれたなら、記事にするために話をするって約束してくれたんです」

「お奈津、それは危ないかもしれねえぞ」

金造が腕を前で組んだ。いつもの調子を取り戻した顔つきだ。

「もしお藤が正気を失っているんだとしたら、おまさの腹に子がいて茂森町の姉夫婦のところに身を寄せているなんてことを、決して伝えちゃいけねえ。どんな悲惨《ひさん》なことが起きるかわからねえぞ」

言われてみて初めて背筋が冷たくなった。

お藤は、おまさを憎むあまりに正気を失っているかもしれないのだ。

「確かにそうですね。それじゃあ、これからどうしましょう……」

「その幽霊ってやつはお藤の病が見せているもんなのかどうか。それをしっかり確かめてから、先のことは改めて考えるんだな。お藤が正気を失っているんだとしたら、この一件はもうここでおしまいだ」

金造が手刀《てがたな》で断ち切る真似をした。

「ここでおしまいって。そんな……」

せっかくお藤から話を聞くことができるかもしれないのに。

「おしまいは、おしまいだ。すっぱり手を引け」

「手を引けと言われましても、お藤さんには何と伝えればいいでしょう?」

せっかく真心を込めてお藤に話し掛けて、以前会ったときよりもずっと己の思いが伝わった手ごたえがあったのに。

泣き出しそうな気持ちになる。

「何も言わなくていいんだ。放ったらかして二度と顔を見せないでおけばいいさ。この仕事ってのは、こりゃまずいなと思ったそのときの逃げ足がどれだけ速いかで、生きるか死ぬかが決まるのさ」

金造は再び煎餅を齧ると、

「まったく、いい修業になりそうじゃねえか」

と、にやりと笑った。

七

このところ、金造親方は何か変だ。

人にいくら罵《ののし》られても泣かれても、決して動じずに口笛を吹いていたような人なのに。

七五郎という気味の悪い男がやってきたあのときから、どこかぼんやり悲し気にしている。

あの七五郎が「子供の幽霊」について話したとき。

金造はお奈津がこれまで見たこともないような強張った表情を浮かべたのだ。

「直吉さん、いらっしゃいますか？　種拾いのお奈津です」

気を取り直して、家の奥に丁重《ていちょう》に声を掛けると、少ししていかにも不機嫌そうな直吉が顔を出した。

「なんだ、またお前か、って言わないでくださいな。今日は私、落ち込んでいるんです」

お奈津はしょんぼり肩を落とした。

「お前が落ち込んでいるのは、いつものことだろう」

直吉が面倒くさそうに言った。

「そんなあ。私、いつも前向きに全力で、種拾いの仕事に奮闘しているつもりです……」

「全力を出すその前に、お前は必ずぐずぐずと落ち込んでいるさ」

「それじゃあ、この胸の曇《くも》りが晴れたそのときには、きっと私にはとんでもない力が湧《わ》くってことですね。直吉さん、なかなか良いことを言ってくれますね。急にやる気が漲《みなぎ》ってきた気がします」

　拳を握って頷いた。

「おめでたい奴だな」

　直吉が呆れたようにため息をついた。

「それで、どうして俺のところへやってきた？」

「米吉さんとお藤さんの暮らす部屋について教えてください。あの部屋の前の住人、おゆうさんについて知りたいんです。お藤さんが正気かどうかを確かめるのに必要なんです」

「お藤が正気かどうか、だって？」

　直吉が真面目な顔をした。

「ええ、お藤さんはあの部屋で若い女の幽霊を視ています。どうやら恐ろしい姿で怖がらせようとするわけではなさそうですが。でも、お藤さんは、その幽霊のことをおまささんだと信じているんです」

「おまさは死んでなんかいないんだろう？」

「ええ、金造親方の調べで、深川茂森町の姉夫婦のところに暮らしているとわかっています」

「それじゃあ、おゆうが現れたってことなんだな。わかった、月海と一緒に、なるべく早くに供養《くよう》に行くと伝えてくれ」

直吉が額《ひたい》に掌を当てた。

「あの部屋で亡くなったおゆうさんって、どんな人だったんですか?」

お奈津は帳面を手に訊いた。

「おゆうは、金持ちの妾《めかけ》だった女さ。いつかお前と所帯を持ちたいって男の言葉を信じて、数年耐え忍んでいたらしいがな。ついに気を病んで自害したんだ」

――気を病んで自害した。

お奈津の胸に辛い言葉が広がった。

「そうでしたか」

「ずいぶんと暗い顔だな。だいたい予想はついていたんじゃないのか」

「気を病んで、って言葉をまたここでも聞いたので、悲しくなってしまいました」

お奈津は大きなため息をついた。

「悋気というのは恐ろしいものですね。男女のごたごたというのは、遠くから眺めるのと内側を覗き込むのとでは、ずいぶん様子が変わります」

男女の醜聞の記事は、いつだって老若男女に大人気だ。

不義密通、身分違いの恋、駆け落ち、心中……。

一見すると、華やかで面白おかしく艶っぽい。

みんな顔を上気させて、舌なめずりするようにそんな記事を読む。

だがその実は、そこに足を踏み入れた多くの者が、悋気に取り憑《つ》かれて気を病んでしまう恐ろしいものだ。

「……気をつけろよ」

「えっ？　私がですか？　まさかそんなはずはありません。これだけ日々嫌なものを目にしているんですから、これからいくつ歳を重ねても、男女のごたごたになんて絶対に足を踏み入れない自負があります」

思わずきょとんとして己の鼻先を指さした。

「この世には、見なくていいもの、見ないほうがいいものがたくさんある」

直吉が諭すように言った。

「そんなものを目にしてばかりいると、それが当たり前になる。気付かないうちに狂った奴らの仲間に取り込まれちまうのさ。人殺しを追っ掛けていた岡っ引きが、ひょんなことで魔が差して人を殺しちまったって話、どこかで聞いたことがあるだろう?」

背筋が冷たくなった。

「そ、そんなことは私に限って決してありません」

直吉が射《い》るような目でお奈津をじっと見た。

「……そうであって欲しいさ」

直吉は少し黙ってから、

「きっとお前の里の家族は、何よりそのことを案じているだろうな」

と、続けた。

八

「こちらのお部屋で以前お亡くなりになったおゆうさん、どうやらご自身が亡くなったことを忘れてしまったようです。私からきちんとお伝えして納得していただきますので、お藤さんもどうぞお力添えをお願いいたします」

月海がにこやかに頭を下げると、お藤は困惑した顔でお奈津を見た。

「どういうことだい？」

「お藤さんが視えてしまっている女の人は、おまささんではありません。この部屋で亡くなったおゆうさんなのだと思います」

「おまさじゃない、って……」

「おまささんは今も生きています」

お藤が部屋の奥に目を向けた。

きっとそこに今も女はいるのだ。

「いや、でもあの女、それはそれは幸せそうにうちの人に寄り添っているんだよ」

「おゆうさん、生前はお妾さんだったそうです」

お藤がぐっと黙った。

「ご住職にご供養をしてもらえば、あの女は消えるんだね？」

「ええ、悪い霊ではありませんので、きっとすぐに成仏なさると思います」

月海が頷いた。

「それじゃあすぐに追っ払っておくれよ」

「追っ払う、なんてそんな罰当《ばちあ》たりな言い方はしてはいけませんよ。幽霊が驚いて姿かたちを恐ろしいものに変えるかもしれませんからね。今、幽霊が視えるのはこちらの角でよろしいですね？」

月海の不穏な言葉に、お藤は急にしゅんとした様子で「ああ、そうだよ」と頷いた。

前に月海とお藤が、後ろにお奈津と直吉が並んだ。

月海がお経《きょう》を読み出した。

線香《せんこう》の煙が立ち上る。

煙は吸い込まれるように部屋の角へ向かう。

「あっ」

お奈津が声を上げると、直吉にぎろりと睨まれた。

うっすらと幸せそうな笑みを浮かべた女の姿が浮かび上がった。

女は表を誰かが通るたびにはっと耳を澄ませて、通り過ぎてしまってから小さくくすっと笑う。お藤の亭主の帰りを待っているのだ。

「お藤さん、おゆうさんにお声を掛けてあげてください」

お経を読み終えた月海が言った。

おゆうが、はっとお藤に気付いた顔をした。

みるみるうちにおゆうの目に涙が溜まる。首を横に振る。成仏なんてしたくない、どうか私をずっとこのままここにいさせてくれ、という泣き顔だ。

お藤が困っていると、おゆうの顔が醜《みにく》く歪《ゆが》む。目から涙が溢《あふ》れ出す。獣《けもの》のように四《よ》つん這《ば》いになって唸《うな》り声を上げた。髪が乱れる。

床に爪を立てて踏ん張って、何がなんでもここにしがみ付いてやるという顔だ。

「ねえ、お奈津、教えておくれよ。おまさは今、どうしているんだい？　きっと何か理由があって身を隠しているんだろう？」

お藤がおゆうの幽霊を見つめながら言った。

お奈津は身を強張らせた。

咳ばらいを二度、三度としてから、覚悟を決めた。

「お腹に子がいます」

直吉がこちらをちらりと横目で見たのがわかった。

「子の父親はうちの亭主だね」

「ええ、そうです」

「ああ、やっぱりだね。そうじゃないかと思っていた。わかっていたさ」

お藤が涙の混じった声で言った。

「おまさのことを知ったあのとき、きっとあの二人はもうのっぴきならないところまで来ているってわかったんだ。だから私はあんなに頭に血が上ったんだ。あの二人だけを幸せになんてするもんか、って意地になったんだ」

お藤が袖で涙を拭った。

「でも私はもう疲れたよ。おゆうさん、あんたみたいに命を懸《か》けて誰かを想うには、歳を取りすぎちまったみたいだ」

お藤はおゆうに優しい声を掛けた。

「直吉さん、すぐに部屋の手配をしてくれるかい？　私はご供養が済んだらここを出るさ。あの人とはもう二度と会わない」

お藤は己に言い聞かせるように頷いた。

「次も人が死んだ部屋で構いませんか？」

直吉が淡々《たんたん》と訊く。

「いや、さすがにもう勘弁して欲しいね」

お藤が苦笑した。

「ではすぐに別の家守に手配を頼みます。ご安心ください」

直吉が頭を下げた。

「ねえ、おゆうさん、聞いただろう？　私はもう男と女のごたごたはこりごりさ。

あんな不実な亭主、おまさにくれてやって新しい人生を歩むんだ。でもね、ひとつだけ言わせておくれ。ちょいと顔を上げてこっちをごらんよ」

おゆうが不思議そうな顔でお藤を見た。

「所帯を持つってのはね、あんたが思っているほど楽しいもんじゃないよ」

おゆうは立ち上がると、言葉の意味を嚙み締めるように己の胸に掌を当てた。

「あっ、おゆうさん」

おゆうの身体《からだ》が少しずつ透《す》けていく。

消えていく間のおゆうは、まるで拗ねているように口を尖《とが》らせていた。

九

「ようし、どうにかこうにかすっきりしたな。無理矢理よりを戻した夫婦だったが、浮気相手の腹に子がいると知った女房は、泣く泣く身を引くと決めたってわけだ。めでたし、めでたし」

金造が少しもめでたくなさそうに掌を打ち鳴らした。

「こうなったらきっと、おまさのほうも米吉に愛想《あいそ》を尽かすのは間違いねえや。半年後には、この出来事のほんとうにすっきりする結末が読めるってわけだ。くれぐれも後追いを忘れるなよ」

「はいっ！」

お奈津は背筋《びた》を伸ばして言った。

すっかり酒浸りで生きる気力を失った米吉がおまさに捨てられるまで、ひょっとすると半年もいらないかもしれない。

「けど、この記事にはどうにも胸に引っ掛かるもんはあるけれどな」

金造が胸元をさする。

「何かおかしいですか？　米吉さんとおまささんのこと、それにお藤さんから見た事実を集めて、さらにすべての話の裏を取りました。これが米吉さんとお藤さんのご夫婦の顚末《てんまつ》に違いありませんよ」

お奈津は素知らぬ顔で首を傾《かし》げた。

「ああ、これが事実なんだろうさ。噂話よりもずっと地味で、ずっと道理が合わなくて、ずっと煮え切らねえ。これぞほんとうの出来事さ。けどな、お奈津。お前、嘘をついたな」

「ここに書いてあるのは、すべてほんとうのことですよ」

お奈津は金造をまっすぐに見返した。

「いいや、違う。お藤の胸の内、これはお前が勝手にくっつけたもんだな」

金造が記事の一部を指さした。

「泣く泣く身を引いた、ってところですか？」

胸がぎくりと震えた。

「ああ、お藤は『泣く泣く身を引いた』わけじゃねえだろう？　燃えるような悋気を腹に抱えて亭主と暮らすことに、ただただ疲れ切っちまって、そして――」

「お藤さんは正気でしたよ。最初からずっと」

お奈津はきっぱりと首を横に振った。

「なら、お藤が視たっていう幽霊は本物なのか？　お藤の部屋には、ほんとうに幽霊がいたっていうのか？」

問われてぐっと黙った。

おゆうのことを記事に書くことは決してできなかった。

それこそお奈津が正気を失ったと思われてしまう、と思うくらいの分別はあった。

「お奈津、そんなお前に面白い仕事があるぜ？」

金造がにやりと笑った。

「この間の七五郎が持ち込んだ話さ」

「七五郎さんって、あの幽霊話を集めているという人ですよね？」

不気味な含み笑いを浮かべた顔が胸を過《よぎ》った。

「そうだ、俺は、あの七五郎からどうしてもひとつ聞きたいことがあってね。あれからもう一度、会ってみたのさ」

「親方が、七五郎さんに会ったんですか……？」

七五郎が初めてここを訪れたときは、あんなにつれない態度を取っていたというのに。いつの間にそんな話になっているのだ。

眉を顰めて金造を窺うと、どこか嫌な熱を帯びた目をしていた。

「どうやら七五郎には心当たりがあるらしい。だがそれに答えるのはまだお江戸に広まっていない幽霊話と引き換えだと言われたのさ」

いったい金造は七五郎から何を聞き出そうとしたのだろう？

お奈津には見当がつかないからこそ気味が悪い。それに七五郎の話をするときの金造の目はどこか普段とは違う。

「今から八丁堀《はっちょうぼり》の錦屋《にしきや》へ行って、幽霊話を拾ってこい」

「八丁堀の錦屋、ですか？　それはいったい……」

「ようく思い出してみな。八丁堀の足袋《たび》問屋の錦屋さ」

金造が己のこめかみを人差し指でとんとんと叩いた。

「八丁堀、足袋問屋、錦屋……。あっ！　もしかして、押し入った賊《ぞく》に奉公人が殺されたってあの話ですか？　もう一年も前になりますね」

ぽんと手を打った。

「そうさ。殺された奉公人ってのが、男じゃなくてうら若い女中だった、ってことなら派手な記事にできたのにな、なんてことを言い合っていたあの出来事さ」

「そんな罰当たりなことを言ったのは親方だけですよ。私を巻き込まないでくださいな」

お奈津は顔を顰《しか》めた。

「その八丁堀の錦屋に、どうやら先日から、その殺された男の幽霊が出るらしい」

「先日から、って。その奉公人が殺されたのはずっと前のことですよね？　今までは幽霊なんて出なかったのに、急に出るようになったってことですか？」

ごくり、と喉を鳴らした。

「ああ、そうさ。気になるだろう？」

金造がお奈津の顔を覗き込んで、「頼んだぞ」と念を押した。

第二章

身代わり

一

その日は冷たく厳しい風が吹いていた。

古着屋で適当に見繕《みつくろ》った派手な色の襤褸《ぼろ》をいくつも重ねて着ているのに、吹きっさらしの頬《ほお》がひりひり痛む。

頭のてっぺんに乗せた鈴の髪飾りが、風に揺れてちりんちりんと間抜けな音を立てた。

お奈津《なつ》のなんとも珍妙《ちんみよう》な恰好に、道行く人が不思議そうな顔をする。

「えぇっと、八丁堀《はっちようぼり》の錦屋《にしきや》さん。ここだわ」

日本橋《にほんばし》にほど近い、大名屋敷がいくつも並ぶ界隈《かいわい》だ。

辿《たど》り着いた錦屋は、このあたりに店を構えるにふさわしい立派な大店《おおだな》だった。広大な土地に店と屋敷が建っている。

「平気よ。普段の種拾いと同じだと思ってやればいいんだから」

己《おのれ》に語り掛けた。胸元《むなもと》の帳面が万が一にも落っこちないように、もう一度奥に押し込む。

えへん、えへんと咳ばらいをした。

「失礼いたします。錦屋さん、少々よろしいでしょうか」

子供の悪戯《いたずら》だと思われないように声を低くした。さらに、以前種拾いの仕事で知り合った旅芸人のお安《やす》の、どこか摑《つか》みどころのない喋《しゃべ》り口を真似《まね》てみた。

「はい、どなたですか？」

最初に顔を出したのは、子供の声をした、まだ十にも満たないような見習いの小僧だ。

お奈津の身なりに怪訝《けげん》そうな目を向ける。

「私は奈津と申します。人に視えないものが視え、聞こえないものが聞こえます」

目いっぱい厳《おごそ》かに言ってみせたら、小僧の顔がたちまち恐怖《きょうふ》に引きつった。

「ど、どうしてそんな方がこの錦屋へ……」

子供が相手でよかった、と心からほっとする。

「私の霊力で、何かお力になれるかもしれません」

今度は暗い声を出して、うつろな目で小僧を覗《のぞ》き込む。

「へっ、へいっ！」

小僧は泣き出しそうな顔をする。

「ただいま、今すぐに、番頭《ばんとう》さんを呼んで参ります！」

「ええっと、ちょっと待ってちょうだい……じゃなかった、お待ちなさいな」

慌てて呼び止めた。

海千山千の番頭を呼ばれてしまったら、下手な芝居はすぐに露見《ろけん》してしまうかもしれない。

「錦屋には、このところ幽霊が出ますね？」

小僧をぎろりと睨《にら》む。

「……はい、そのとおりです」

小僧が震え上がった。

「その幽霊の名は……」

眉間《みけん》に皺《しわ》を寄せて考えるふりをする。

「定吉《さだきち》、権太《ごんた》、いや、違う違う。もうここまで視えているのですが。末吉《すえきち》、庄助《しょうすけ》、いやいや、これも違う。ですが視えていますよ……」

ちらちらと小僧に目で促《うなが》す。

「ええっと、正《まさ》、米《よね》、忠《ただ》……」

「忠助《ただすけ》です。錦屋に現れる幽霊は忠助の幽霊だ、って女中さんのみんなが言ってます」

小僧が口を滑《すべ》らせた。

「忠助。そう、そのとおり、忠助でしたね。忠助はどんな姿をして現れるのですか？」

「賊《ぞく》に刺されたときのまんまです。背中に匕首《あいくち》が刺さって、口から血を流しています」

まだあどけない子供の口から不穏《ふおん》な言葉が飛び出す。

「なるほど。あなたはその幽霊を視たのですか？」

錦屋の奥に人の気配を感じた。

話を聞けるのは、もうあとほんの少しの間だけだ。

「視ていません。忠助の霊は、女中さんたちにしか視えないんです。あっ、女将《おかみ》さん。おかえりなさいませ」

お奈津が振り返ると、通りの向こうから恰幅《かっぷく》の好《よ》い女が姿を現した。

「このお方が、錦屋の幽霊を追い払うお力になっていただけるかもしれないと……」

「いったい何の話だい？」

女将が小僧を睨み付けた。

小僧がはっと息を呑む。両手で己の口を押さえた。

幽霊が出るという話は、決して口外してはいけないと言われていたのだろう。

「失礼いたしました！　で、でも、私が話したわけではありません。この人は最初から幽霊話を知っていて、ここへ訪ねてきたんですよ」

「黙って早く仕事にお戻りっ！」

女将に一喝《いっかつ》されて、小僧は「すみません、すみません」と涙ぐんだ目で駆け去っていった。

女将はお奈津に向き合った。

「それで、いったい何が知りたいんだい？　種拾いの娘が下手な変装をしたもんだね」

「えっ」

あっという間に言い当てられて、お奈津は目を瞠《みは》った。

「私がどれだけ長いこと商売をやっていると思っているんだい？　人の素性《すじょう》を、それも嘘をついて誤魔化《ごまか》そうとしている奴の素性を見抜くのなんて、得意中の得意さ」

女将は鼻で笑った。

「それであんたは錦屋の幽霊話を、記事にするつもりかい？　それだけはご勘弁願いたいね」

女将の目が光った。

「あの大騒動から一年が経って、ようやく錦屋が元に戻ってきたところなんだ。今更、昔のことをおどろおどろしく掘り返されちゃ、たまったもんじゃないよ。あんたがいくらまだ娘っ子でも、うちの商売の邪魔《じゃま》をしようってんならただじゃおかないよ」

お奈津を叱《しか》りつけるような険しい態度だ。

「この件について、記事に書くつもりはありません。今回は人に頼まれて幽霊話を探しているだけなんです」

女将の眉間に皺が寄った。

「幽霊話を探している、だって？　ずいぶんと趣味が悪いね。そちらのほうこそもっとお断りだよ」

大きく首を横に振る。

「ですが、いずれ私ではない種拾いの誰かが、錦屋の幽霊話を嗅《か》ぎ付けます。そうなれば大きな記事になるでしょう」

女将がぐっと黙った。お奈津を睨む。

「あんたがどこかから嗅ぎ付けてきたって話なら、そういうことになるね」

先ほどよりも声に力がない。

「どうか、忠助さんの幽霊について、調べさせてもらえませんか？」

お奈津は女将を見上げた。

「……忠助の幽霊が出る、なんてのは女中たちの口から出まかせだよ。若い娘ってのはそういうことを言ったりするもんさ」

女将が「くだらないね」とお奈津から目を逸《そ》らした。

「いいよ。調べておくれ。そして幽霊なんていないとわかったら、その顚末《てんまつ》を必ずお江戸じゅうの種拾いのお仲間たちにしっかり広めておくれよ」

女将が力強い声で言った。

「はいっ！　お任せください！」

やった！

お奈津は拳を握って大きく頷《うなず》いた。

二

「種拾いってどんなお仕事なんですか？」

「役者の色恋沙汰《いろこいざた》を追い掛けたりもするんですか？」

「死人の記事を書くときは、その現場に行って死に顔まで拝んでくるってほんとうですか？」

「きゃあ、怖い！　でもちょっと、わくわくするわ」

夜の女中部屋で大騒ぎの女中たちに囲まれて、お奈津は若い娘たちの勢いにしどろもどろになった。

「決して華やかなものではありませんよ。雨の日も風の日もただひたすら足を棒にして、嘘かほんとうか少しもわからない話の種を拾って歩くだけの仕事です」

「それって、すごく楽しそう！　噂話がほんとうかどうか確かめて、それで金子《きんす》を貰《もら》えるんでしょう？」

「いいなあ、私、噂話って大好きよ！」

目を輝かせてお喋りに盛り上がる女中たちの中に、ひとり暗い目をした女中がいるのが気になっていた。

　頬が削《そ》げて顔色が悪い。皆のお喋りに煩《うるさ》そうに眉間に皺を寄せる。

「今宵《こよい》は、どうぞよろしくお願いいたします」

　お奈津が声を掛けると、その娘は開口一番、

「幽霊なんていません。この娘たちが口裏合わせて、作り話で面白がっているんです」

　と悲痛な声で言った。

「お弓《ゆみ》、何よその言い方」

　女中たちが口を尖《とが》らせた。

「ほんとうのことを言っただけでしょう？」

「私たちみんな、忠助の幽霊を視ているのよ。背中に匕首が刺さって、口から血が……」

　ひとりの女中がいかにも恐ろし気に声を潜めた。

「幽霊なんていないって言っているでしょう！　私は一度も視ていないわ！」

　お弓と呼ばれた冷めた娘が、驚くほど鋭い目をした。

「視ていないのはあんただけよ。私たちはみーんな視ているわ」

女中たちが少々意地悪い表情で顔を見合わせた。

「まああ、穏やかにお願いします。それじゃあ、忠助さんの幽霊を視たという皆さんは、どんなふうに視えたのか教えていただけますか？」

「もちろんです。毎晩ちょうど寅《とら》の刻頃です。竈《かまど》に火を入れる役目の女中は、まだ夜明け前の真っ暗なうちに起きて母屋《おもや》の炊事場《すいじば》へ向かうんです」

ひとりの女中の言葉に、お弓以外の皆が、うんうん、と頷く。

「提灯《ちょうちん》を手に歩いていると、忠助が殺されたあたりで……」

「ちょっと待ってくださいね。まず先に、忠助さんが殺されたときのことから伺ってもいいですか？」

女中たちは一斉《いっせい》に顔を見合わせた。

居心《いごころ》悪そうにお弓を振り返る者もいる。

「えっと、それじゃあ私が。私はここで働き始めたのは事件の後なので、聞いた話になりますが……」

いかにもお喋り好きそうな女中が、頬を上気させて口を開いた。

「忠助は錦屋の奉公人《ほうこうにん》で、十七の若者でした。ちょうど近所に賊が押し入ったって事件が起きて皆が用心していた頃だったので、自ら錦屋の敷地の中を夜通し見回る、寝ずの番をしていたそうです」

「その大事なお役目を果たそうとして、賊に殺されてしまったというわけですね」

己と同じくらいの年頃の青年が張り切って見回りをしている光景を思い浮かべると、お奈津の胸が痛んだ。

「その出来事の後、忠助さんのご供養《くよう》はされたんですか?」

女中たちがきょとんとした顔で首を捻《ひね》る。

お弓が苦々《にがにが》しいため息をついて先を継いだ。

「ええ、もちろんです。旦那さんと女将さんは、忠助は錦屋のために尽くしてくれたと、里の家族には金子を包み、立派な墓まで建てて手厚く葬《ほうむ》りました」

――今更、昔のことをおどろおどろしく掘り返されちゃたまったもんじゃないよ。

いかにも迷惑そうな女将の言葉からは、一年前にそこまで忠助の死を悼《いた》んでいたという姿は意外だった。

だが今を生きる者にとって、人の死はいずれ必ず昔のことになる。

どちらの女将も、またほんとうなのだろう。

「女将さんのご両親のお墓があるってご縁で、わざわざ千駄ヶ谷《せんだがや》寂光寺《じやくこうじ》の月海《げつかい》住職を呼び寄せてご供養に来てもらったんです」

――寂光寺の月海住職。

月海のにこやかな丸い顔が浮かんだ。錦屋の忠助の供養をしたのは月海だったのか。

「忠助さんが亡くなってすぐには、幽霊は出なかったんですよね？」

お奈津は女中たちを見回した。

「ええ、幽霊が出るようになったのはここ最近のことです」

女中たちは一斉に頷いた。

「ここ最近、この錦屋に何かが起きたんでしょうか？」

女中たちの目が輝いた。

「きっとご供養の効き目が薄れてきたんです」

「錦屋の皆が、ようやく喪《も》が明けた、ってすっきりしているのが気に入らないとか？」

「いつまでも、己が死んだことを皆に覚えていてほしいんじゃないかしら？」

「だから、幽霊なんていないって言っているでしょう！　いい加減にしてよ！」

急にお弓が割って入った。

「あっ！」

お弓は真っ赤な顔をして、お奈津の手の帳面を奪《うば》い取って床に投げつけた。

「皆で寄ってたかって、忠助の死を面白がって。あんたたちみんな罰《ばち》が当たるわ。地獄《じごく》に落ちるわ！」

お弓の目には涙が溜《た》まっていた。

「私は忠助の死に目に立ち会っているのよ。助けに駆け寄ったそのときに、己《おのれ》の血を見て驚いていた顔も覚えているし、『死にたくねえよ』って言ったその声も聞いているの。こと切れたそのときに、忠助の身体《からだ》からは強い血の臭いが漂《ただよ》っていたわ。人が死ぬってそういうことよ！」

皆、急に気まずそうな顔になって黙り込む。

「お弓さん、ごめんなさい。私の心配りが足りませんでした」

女中たちの溢《あふ》れんばかりの若さに気を取られていた。だが、考えてみれば、この錦屋には生前の忠助をよく知っている者がいるのだ。

「お弓、私たちもごめんね……」

ひとりの女中が申し訳なさそうに言った。

「許してほしければ、幽霊を視たなんていうのは作り話と認めなさいな」

「それは違うわ。私、ほんとうに視たのよ」

「まだ言うの？」

「ほんとうよ。ね、みんな？」

お弓以外の女中たちは、皆、困惑しつつも頷いた。

「……お弓さん、私、忠助さんの幽霊のこときちんと調べます。亡くなった忠助さんのためにも、お弓さんのためにも」

お奈津が頷くと、お弓は涙に濡《ぬ》れた目で「幽霊なんていないわ」ともう一度言った。

三

お奈津が寝床として間借りすることになったのは、物入として使われていた小部屋だった。

窓のない暗い部屋でおまけに埃《ほこり》っぽいが、種拾いの相手の夜通しの見張りに慣れているお奈津からすれば、横になって寝られるだけでありがたい。

幽霊が出る、なんてこれ以上なく不穏な話を聞いた後なのに、目を閉じてすぐにことんと眠りに落ちた。

「お奈津さん、起きてくださいな」

囁《ささや》き声に目を覚ますと、身支度《みじたく》を整えた女中のひとりが提灯を手に枕元に座っていた。

「竈に灯を入れる刻になりました。どうぞご一緒にいらしてください」

女中仲間とお喋りをしていたときの陽気な様子とは打って変わって、固い表情だ。

「は、はい。今すぐに」

手早く襟元《えりもと》だけを直して、女中の後に続いた。

錦屋の敷地には、通りに面した大店、主人の家族が暮らす母屋、石蔵《いしぐら》、奉公人たちが暮らす長屋造りの建物がある。

表に出て最初に、ざっと鳴る己の足音に気付いた。

錦屋の敷地内にはすべて、人の足音が響くように砂利《じゃり》が敷き詰めてあるのだ。

かつて賊が押し入って死人が出たとなれば、これくらいの用心は無理もないだろう。

「あそこが母屋の炊事場《すいじば》の入口です。そこへ向かう途中の石蔵の前が、忠助が死んだところ――幽霊が出る場所です」

女中が暗闇に朧気《おぼろげ》に浮かぶ母屋を指さした。

ここから母屋までの道のりのちょうど真ん中あたりに石蔵があって、月明かりの影になった真っ暗闇があった。

「覚悟はいいですか？　さあ、行きますよ！」

女中が勇《いさ》ましい声を出した。

横目で窺うと、女中は今にも泣き出しそうな顔で唇を結んでいる。

「はいっ！　参りましょう！」

お奈津も怖気《おじけ》づく胸の内を奮い立たせるように、少し大きな声で言った。

二人で砂利を鳴らしながら、背筋をしゃんと伸ばして大股《おおまた》で進む。

歩きながら忙《せわ》しなく周囲を見回す。

もちろん誰もいない。

そうだ。背後は？

はっとして振り返る。

もちろん誰もいない。

「ああ、ここです、ここです、ここのあたりで出るんです……」

女中が、か細い高い声で呻《うめ》いた。

己の目をしっかり瞑《つむ》って、さらに上から掌で押さえた。

そんな前が少しも見えない恰好をしたまま、いきなり女中がすごい速さで走り出した。

「え？　え？　ちょ、ちょっと待ってくださいな」

急な出来事で驚いた。

置いていかれないようにと慌てて追い掛けようとしたら、砂利に足を取られた。

「きゃっ！」

ざざっと大きな音がした。転んでしまったのだと気付いた。

「ま、待ってください！」

女中は、両目をぎゅっと閉じている上に己が全力で走る砂利の足音のせいで、お奈津が転んだことに少しも気付いていないのだろう。

女中が握った提灯の光が、あっという間に遠ざかっていく。

「いててて。膝小僧を擦《す》りむいちゃったわ」

お奈津は膝の傷に刺さった砂利を払った。尖った砂利が飛んで、ぽつ、ぽつ、と雨垂れのような音がする。

傷に触れると思ったよりずっと痛くて、うっと息を呑む。

「このくらい何でもないわ。唾《つば》でもつけとけばすぐに治るわね」

わざと平然と言う。

手が微《かす》かに生ぬるいもので濡れている。暗くて見えないが、血が出てしまっているに違いない。

ああ、なんて間抜けな失敗。血で着物が汚れないといいけど。

お奈津は拍動に合わせてずきずきと痛む膝を庇《かば》いつつ、どうにかこうにか立ち上がった。

ぽつ。ぽつ。

砂利の鳴る音に顔を上げた。

――――。

男がお奈津の顔を覗き込んでいた。男の胸元からは匕首の刃先が覗いて鈍い光を放っている。

「い、いやっ！　やめて！」

思わず飛び退《の》いた。

今度は尻餅《しりもち》をついてしまった。

お奈津は腰を抜かしたまま、砂利の音をずるずると響かせて逃げようとした。大きく首を横に振った。

「忠助さん、あなたは忠助さんなんですか？」

震える声で訊《き》いた。

男の動きがぴたりと止まった。

お奈津を見つめる目から光が失《う》せていく。身体から力が抜ける。口がぽかんと開いた。

男の口の端から一筋の血がたらりと伝《つた》った。

みるみるうちに血が溢れ出す。

男は掌でそれを拭ってから、目に映るものの意味することを考えるようにじっと見つめた。

——ああ、そうか。あの刀、やっぱり俺の背中に刺さっちまったんだな。だからこんなに身体が熱いんだな。

呻くような声。

——お弓。俺、死にたくねえよ。

男は悲し気に呟《つぶや》いた。

四

冬の曇り空だ。

お奈津の頭の上の空は白い雲に一面覆《おお》われているけれど、東の空は灰色に沈んでいる。

昼頃にはひと雨降るかもしれない。

お奈津は変装のために古着屋で買った派手な綿入《わたい》れを着込んで、千駄ヶ谷の寂光寺へ向かった。

境内《けいだい》で落ち葉の掃《は》き掃除をする見慣れた後ろ姿。

「月海さん、おはようございます」

声を掛けると、くるりと振り返った。

「あっ、間違えました！」

後ろ姿は月海とよく似ていたが、よくよく見ると少々細面《ほそおもて》だ。しかし、月海と血を分けた兄弟だと雰囲気でわかる——月海の弟で、普段は他の寺で修行をしているという良海《りょうかい》だ。

良海は、月海が寺を留守にしているときに、こうしてたまに寂光寺へ手伝いに来る。

「良海さん、お久しぶりです。また少し大きくなりましたね」

「子供扱いはやめてください。お奈津さんと私とは、おそらくほとんど齢《とし》は変わらないはずですが」

拗《す》ねた調子がどこか可愛らしく見えてしまうのは、兄の月海によく似た顔だちと青々とした坊主頭のせいだ。

「おや？　お奈津さん。今日はずいぶんと華やかな綿入れでおめかしされていますね。そして、その男の方は怪我をされているようですが大丈夫ですか？」

良海がきょとんとした顔をする。

「え？」

慌てて振り返って、良海の目の先を追う。

「……誰もいませんが」

良海がひっと叫んで己の口を押さえた。

「す、すみません。見間違いです。すべて私の見間違いです。それでは私は、あちらの桜の木の下の掃き掃除が忙しいので、これで失礼いたしますね」

良海は額《ひたい》の汗を拭《ふ》いて、慌てて逃げ去ろうとする。

「良海さん、ちょっと待ってくださいな。これで二度目ですよね？」

以前に会ったときも、良海はお奈津と一緒にいた〝年上の〟誰かのことが視えていたのだ。

「ええっと、ごめんなさい。私は今すぐに大急ぎで掃き掃除をしなくてはいけないので」

大仰《おおぎょう》に、猛烈《もうれつ》に忙しいのです」

箒《ほうき》で掃く真似をしてみせる。

「どんな人が視えたんですか？　教えてください。良海さんはきっと幽霊が視えるんですよね？」

良海が黙った。

「幽霊かどうかはわかりませんよ。ただ、他の人には視えない人の姿がたまに視えるというだけです」

「それを幽霊っていうんじゃないですか？」

「そうとも限りません。人の想いが漂っているのが視えてしまっているだけのときもあるかと思いますよ。だって同じ葬式でも視えるときと視えないときがありますし、ときどき、生前可愛がられていたに違いない、毛並みの良い犬猫や馬が飼い主の家を覗いている姿が視えてしまうこともありますし……。ああっ！」

良海が己の口を押さえた。

「い、今のことはすべて忘れてください。ただの作り話です」

相変わらずの粗忽者《そこつもの》だ。

「良海さんが視えたのは、若い男の人でしたか？」

良海がぎくりと身を強張《こわば》らせた。

「それも匕首が背中に刺さって、口から血が流れた男の人でしょう？」

「そこまでは視えていません。ほんの刹那《せつな》のことですから」

「ほんの刹那でもそのくらいわかるでしょう？　匕首が刺さっているんですよ？　口から血が出ているんですよ？」

「いえいえ、万が一にもあの男の人がお奈津さんの好い人でしたら、あまりじろじろと眺めるのは失礼にあたるかと思い、なるべく、なるべく見ないように……」

「お奈津に男ができたって？」

直吉《なおきち》の声に顔を上げた。

「よかった、よかった。何ともめでたいな。これを機に、種拾いなんて危なっかしい稼業《かぎょう》からは足を洗え」

隣からこちらを覗く直吉が、つまらなそうに言う。

「恋人なんていませんよ。色恋沙汰なんて、仕事で傍《はた》から見ているだけでお腹がいっぱいです」

お奈津は膨《ふく》れっ面《つら》を浮かべて、きっぱりと否定した。

「それじゃあ何の用だ。ここのところお前の顔を見ないから、安心して暮らせていたんだけれどな」

涼しい目でこちらを見る。

「金造《きんぞう》親方に命じられて、八丁堀の錦屋って大店の幽霊話の真相を確かめているんです。一年前に錦屋のご供養をしたのは月海さんだと知ったので、詳しいことを伺えないかと」

お奈津は八丁堀の錦屋で起きた出来事と、それから一年後に勃発《ぼっぱつ》した忠助の幽霊騒動について説明した。

「生憎《あいにく》、兄は檀家《だんか》さんの法事に出ております。それでは私は、たくさんたーくさんやることがありますので、これにて失礼を……」

お奈津の話の途中から青い顔をしていた良海が、終わりまで聞かずに一目散《いちもくさん》に逃げていく。

「直吉さんは、一年前の錦屋の出来事について何か知っていますか？」

「錦屋で殺しがあったことは月海から聞いて知っている。けれど、それだけだ。俺の家守《やもり》としての稼業には何の関わりもない」

「確かにそうですよね。忠助さんが殺されて、その後に月海さんがご供養をした一年前のところまでで話が終わるなら、ただの不運な悲しい事件ですよね」

言いながら、あれっと思った。

己の頰に掌を当てる。

濡れていた。熱い。涙が流れているのだ。

「あら？　私、どうして泣いているんでしょう。そりゃ、気の毒な出来事だとは思ったんですが、こんなに泣く理由が、自分でも思い当たらないんですが……」

首を傾《かし》げながら掌を見た。

「嘘っ！」

息を吞む。

掌には血がべったりと付いている——ように見えただけだった。

改めて見ればただの涙だ。けれどほんの刹那だけ、間違いなくこの掌は真っ赤に染まって視えたのだ。

「あ、あの、直吉さん、今の視えましたか？」

「何のことだ？」

直吉が面倒くさそうに応じた。

「今、ほんの刹那だけ私の掌が真っ赤になったんです。まるで血がべっとり付いたみたいに……。わっ！」

いきなり手首を摑まれた。

直吉がお奈津の掌に己の手を重ねる。強く握る。

「掌に血が視えたんだな？」

直吉の真剣な顔に、急いで頷いた。

「さっき良海と何を話していた？」

「私の後ろに若い男の人の姿が視える、って」

直吉の息が止まった。

「今、お前はどこで寝泊まりしているんだ？　己の部屋には戻っていないのか？」

「は、はい。自分の部屋には鳥太郎《とりたろう》のために数日分の粟《あわ》を用意して、錦屋で物入に使っていた小部屋に泊まらせてもらっています」

「馬鹿野郎！」

直吉が怒鳴った。その勢いでお奈津の額をぴしゃりと叩く。

「痛っ！　何てことするんですか！」

お奈津は膨れっ面で直吉を睨んだ。

「今日これから俺も錦屋に行く」

「ええっ？　直吉さんがですか？　私としてはどちらかといえば月海さんに一緒に来て欲しかったんですが……」

「うるさい、黙っていろ。すぐに駆け戻って女将に話を通しておけ。『今夜は兄も一緒に泊まる』とな」

「兄……ですか？」

「お前の父親に見えるか？　それとも恋人に見えるか？」

「恋人ですって？　まさか、まさか！」

大きく首を横に振った。急にかっと頬が熱くなった。それを誤魔化すために、もっと首を横に振る。

「ならば早く行け！　走れ！　今すぐだ！」

「は、はいっ！」

お奈津は直吉に煽《あお》り立てられて、勢いよく駆け出した。

五

二人で並んで寝ころべば、ほとんど床が見えなくなるくらいの狭い小部屋だ。

表で風が強く吹く音が聞こえた。

隙間風《すきまかぜ》を感じたわけではないが、蠟燭《ろうそく》の灯が揺れる。

「なんだか旅に出たみたいでわくわくしますね。さあ、直吉さん、握り飯をどうぞ。近所の煮売り屋のお内儀《かみ》さんが作ってくれた、梅と昆布と鰹節《かつおぶし》が一緒に入った特製の握り飯です。力が湧《わ》きますよ」

お奈津は風呂敷包みから、己の拳よりも大きな握り飯を二つ取り出した。

一つを直吉に渡して、もう一つに大口を開けてかぶりつく。

「美味しい！　たまらない味です。直吉さんも、美味しいですか？」

「……ああ、美味《うま》い」

「よかった！　なんかこう、あれですね。握り飯っていうのは、ひとりで食べるよりも誰かと食べるほうがもっと美味しく感じますね」

「ちょっと静かにしていてくれ」

直吉が呆《あき》れた顔で言った。

「お前は相変わらず楽しそうだな」

「楽しくはありません。ですが、昨日よりはずっと気が楽なのは間違いありません。まさか、直吉さんが一緒に幽霊退治をしてくれるとは思いませんでした」

「俺は幽霊なんてどうでもいい」

「え？　それじゃあ……」

そのとき、物入の戸がこつん、こつんと鳴った。

お奈津と直吉は顔を見合わせた。

誰かが戸を叩いているにしては鋭い音だ。まるで箸の先でつついているかのような甲高《かんだか》い音——まさか。

「嘘でしょう！　鳥太郎！」

戸を開けた途端《とたん》、隙間から小鳥が飛び込んできた。

青い羽に金色の嘴《くちばし》、賢そうにこちらを見つめる目。間違いなく鳥太郎だ。

お奈津が留守の間、鳥太郎が自在に部屋を出入りすることができるようにと、一応障子を少し開けたまま出てきた。しかしこんなに寒くて風の強い夜に、小鳥がやってくるなんて。

「どうしてここに私がいるってわかったの？　あんたってほんとうに不思議な鳥ね」

　肩に乗った鳥太郎に頰を寄せると、羽がひんやりと冷たくなっていた。

「鳥太郎、こちら直吉さんよ。初めて私たちが出会っ――いえいえ、以前、お前が逃げ出してしまったときに、見つけてくれたのが直吉さんだったでしょう？」

　慌てて言い直した。

　鳥太郎は、ちゅん、と鳴いて直吉のほうへ飛んでいった。

　怪訝そうに身を引こうとする直吉の周りを羽搏《はばた》いてゆっくり回り、その肩に乗る。

「まあ、鳥太郎。直吉さんのことが好きなのね」

　鳥太郎が高らかに歌うように鳴いた。

「小鳥をこんなに近くで見るのは初めてだ。こんなに小さいのに、ちゃんと目があって、嘴があって……それできちんと動くんだな」

　直吉が目を瞠る。

「鳥太郎、可愛いでしょう？　私の大事な相棒なんです」

　鳥太郎が、お奈津と直吉を交互に見て嬉しそうに歌った。

「子どもの頃、おっかさんが祭りの出店で鶯笛《うぐいすぶえ》を買ってくれたんだ。おっかさんが吹いてくれると近所の鳥がみんな鳴く。俺が吹くと近所の犬がみんな遠吠《とおぼ》えするんだ」

お奈津はぷっと吹き出した。

「それは直吉さん、よほど耳障りな音を出したんですね」

直吉はお奈津と目を合わせると、苦笑いを浮かべた。

普段の眉を顰《ひそ》めたような陰気な顔つきに、今の困ったような柔らかい笑顔は、案外よく似合う。

直吉さんもこんな顔をするんだ、と胸に温かいものが広がった。

「実は、この錦屋の仕事は、記事にするためではなくて、金造親方に命じられたものなんです。だから、いったいどんな気持ちで向き合ったらいいのかよくわからなくて……」

お奈津は、ずいぶん気安い心持ちで話し出した。

直吉の肩に乗った鳥太郎が羽搏きながら床に飛び降りた。直吉とお奈津の間の僅かな隙間を、楽し気に跳《は》ねて歩く。

「あの金造が記事にしないって？　どういうことだ？」

「私にもわかりません。国じゅうの幽霊話を集めている七五郎《しちごろう》さん、って人に、この錦屋の幽霊話の顚末《てんまつ》と引き換えに、何か教えて欲しいことがあるみたいなんです」

お奈津は七五郎が金造の家を訪ねてきたときのことを話した。

「七五郎さんは、幽霊にまつわることにとても詳しいようでした」

「じゃあ、金造は七五郎から幽霊話を聞き出したいっていうのか？」

「……うーん。そうですよね。直吉さんが不審に思っているとおりです。なんだか金造親方、最近変なんです」

お奈津は首を捻った。

金造は、種拾いの元締めとしてさまざまな出来事の種を集めている。知りたいことなら己でいくらでも調べることができるはずだ。そんな金造が必死になって知りたい幽霊話なんてあるのだろうか。

──私はいろんな幽霊話を知っている。人との間に子を産んだ幽霊の話や、見たら最後、三日以内に命を落とす悪霊《あくりょう》、それに人を飲み込む幽霊屋敷。

七五郎の声が胸に蘇《よみがえ》った。

お奈津は直吉に目を向けた。

幽霊屋敷のことを直吉に話そうかと、ほんの刹那、迷った。

だが口を噤《つぐ》む。まだ何も定かではないことを話して、直吉の胸の内を乱してはいけない。

鳥太郎を優しく見守るその顔には、どうしても取り去ることのできない陰がある。

ふいに刺すように胸が痛んだ。

行方不明になった直吉の両親を、私の種拾いの力でどうにかして見つけてあげなくては。

「あっ」

鳥太郎が急に羽搏いた。

直吉の肩に再び乗る。ちゅん、と鳴いて、今度はお奈津の肩に。

「まあ、鳥太郎。お前、そんなことができるの？」

思わず直吉と顔を見合わせて笑った。

「呼んだら来るのか？　賢い鳥だな」

直吉が舌を鳴らして鳥の鳴き真似をした。

鳥太郎は小首を傾げたかと思うと、すぐに直吉の肩に戻っていく。

「わ、鳥太郎。待ってちょうだいな。こっちよ。こっちに戻ってきて」

「駄目だ、駄目だ。鳥太郎は俺の肩が気に入ったと言っているぞ」

直吉が鳥太郎に頰を寄せた。

「そんなこと言っていません。鳥太郎は私の相棒なんですよ。ね、鳥太郎？　さあ、おいで、おいで。わ、そうそう、それでいいのよ」

「鳥太郎、裏切るのか」

二人の間を交互に飛び交う鳥太郎は何とも可愛らしい。

ありがとう、鳥太郎。あんたがいてくれてよかったわ。

直吉のぎこちない笑顔を目にしながら、お奈津はほっと息を抜いた。

六

明け方近くに小部屋の戸が開いた。

「わざわざお兄さんまで物見遊山《ものみゆさん》の幽霊見物にいらしたところ申し訳ありませんが、残念ながら今回は無駄足になるかと思います。今日、竈に火を入れるのは私の役目ですから」

提灯を手に言ったのはお弓だ。

お弓は、慌てて跳ね起きたお奈津に冷たい目を向けていた。

「こちらが、お弓さんです」

お奈津が慌てて直吉に紹介する。

「そうか、それはよかった。俺は、可愛い妹がここの姦《かしま》しい女中たちに釣られて幽霊を視たなんて口から出まかせを言い出さないように、しっかり見守りに来ただけさ」

直吉が言うと、お弓が怪訝そうな顔をした。

「あなたは、錦屋の幽霊話が口から出まかせだと思っているんですか？」

「どれほど周りが騒いだところで、俺には幽霊なんて視えない」

直吉が言い切ると、お弓の顔つきが微かに和らいだ。

「私にも視えません。忠助の姿は一度だって視えたことがありません」

お弓は嚙み締めるように言った。

「なら俺たちは似た者同士だな。幽霊が出るなんて罰当たりな噂を立てられた場所に案内してくれ」

直吉とお弓は目で頷き合った。

「ええ、もちろんです」

お弓の先導で、直吉とお奈津は表に出た。

月明かりがほとんどない暗い夜だ。

「ちょうどあの出来事があった日も、こんなふうに暗い夜でした。だから私は倒れた忠助の身体に触れたそのときまで、あれほど深い傷を負っていたなんて少しも気付きませんでした。朝になって初めて、この庭一面に真っ赤な血飛沫《ちしぶき》が広がっていると知ったんです」

身の凍るような光景を話しているのに、お弓は少しも恐れていない。

ただ忠助の身に起きてしまった悲惨な出来事に胸を痛め、悲しんでいた。

「その日も、あんたが竈に火を入れる役目だったのか？」

お弓は首を横に振った。

「竈に火を入れる役目が皆で持ち回りになったのは、つい最近、忠助の幽霊騒動が起きてからです。火入れはいちばんの新入りの役目と決まっていたので、毎日明け方前に私がやっていました」

「なら、夜通しの番をしてくれていた忠助は心強かっただろうな」

直吉が暗闇に静まり返った庭を見回した。

お弓がこくんと頷く。

「もちろん私も、いつ賊に出くわすことになるやらとびくびく怯《おび》えていましたから。明け方前にすれ違うほんの刹那でも、忠助の顔を見るとそれだけでほっと胸が安らぎました」

お弓は寂しそうに目を伏せた。

砂利の鳴る音が響く。

「忠助が死んだのはこのあたりです」

月明かりがあれば、石蔵のちょうど影になるはずのところだ。

お奈津が忠助の幽霊を視たのは、まさにここだ。

暗闇に目を凝らして足元をよく見ると、昨夜、己が尻餅をついたところの砂利がまだ少し乱れていた。

「私が表に出てすぐに、男たちの怒鳴り声が響きました。それから揉み合うような音がしてすぐに『逃げるぞ！』という叫び声。私はすぐに忠助が賊を追い払ったんだとわかったんです。なぜか勝手に、たとえ怪我《けが》をしていたとしてもほんのかすり傷だと思い込んでいました。忠助がここに立ち竦《すく》んでいる影を見たとき、『忠助、すごいわ！　お手柄よ！　やったわね！』そんなふうに声を上げたくらいです」

けれども忠助は、お弓が駆け寄る前にその場に倒れ込んでしまった。

三人で丸くなって立ち止まった。

足元をじっと見つめる。

お奈津とお弓の小さな足。直吉の大きな足。

――もう一人の足があった。

「……直吉さん」

震える声で言った。

「え？」

お弓がこちらを不審そうに見た。

お弓には直吉のことを兄と言っていたのだから、その呼び方はおかしいと思われたに違いない。けれど取り繕う余裕はどこにもなかった。

「……直吉さん、います。今、います。足が四人分あります。もう一人います」

息づかい荒く必死に言った。

直吉が、お弓が黙った。

「その人の足元には黒い水たまりがあります。これはきっと、きっと、血だまりです」

「目を閉じろ。そして大きく息を吸え」

直吉がお奈津の手を取り、強く握った。

「は、はい」

慌てて言われるままに従った。

「もっとゆっくり、もっと深くだ」

お奈津は頷いて、直吉の手をしっかりと握り返す。

直吉の掌の温もりに、縋《すが》り付くような思いで深く息を吸う。

「お前の身内で死んだ者はいないか？　お前を想っている年長の誰かはいないか？」

血の匂いに気付く。

「じ、爺《じい》さまが、私が二つのときに亡くなりました。私は何も覚えていないのですが、私のことをずいぶん可愛がってくれたと聞きました」

「ならばひたすら爺さまのことを考えろ。俺がいいと言うまで決して目を開けるな」

爺さまのこと。私は何も覚えていないって言ったじゃない、と泣き出しそうになるが、「爺さまはお奈津が生まれたとき、たいそう喜んでね」「お奈津のこの目は爺さまの目だよ」なんて、婆《ばあ》さまや両親から聞かされていた言葉の端々をどうにかこうにか思い出す。

「俺には幽霊なんて視えない。お弓、あんたには視えているか？」

直吉の声だけが聞こえた。

「いいえ、何も視えません」

お弓が腹を括《くく》ったように低い声で言った。

「あんたは忠助に惚《ほ》れていたんだな。だから幽霊でも構わない、一目でいいから会いたいと願っている」

お弓がぐっと息を呑んだのがわかった。

「どうしてそう思うんですか？」

「俺も同じだからわかる。ある日忽然《こつぜん》と消えてしまった両親に会いたい。たとえ幽霊になってしまっていても構わないから、一目でいいから会いたいんだ」

お奈津が思わず目を開けた刹那、

「目を閉じていろと言っただろう！」

と叱られた。

「憂《う》き世《よ》ってのはままならないもんさ。そんな切実な想いを抱えた者には幽霊は視えないと決まっているんだ」

直吉が寂しそうに笑った。

「……そんな」

お弓の声に涙が混じった。

「仰るとおり、私は忠助のことを好いていました。亡くなってしまってからも、一度でいいから顔を見たいと思い続けてきました」

お弓がわっと泣き出した。

「あんたには辛《つら》いことを訊かせてもらう。忠助には、想っていた相手がいたんじゃないか？」

直吉が申し訳なさそうに訊いた。

七

お弓と二人、京橋《きようばし》にある小間物問屋《こまものどんや》の加賀屋《かがや》へやってきた。

お江戸の真ん中の日本橋からほど近い、人通りの多い華やかなところにあるその店は、錦屋よりもさらにもう一回り立派な店構えだった。

「お菊《きく》お嬢さまが加賀屋にお嫁入りをされたのは、三月前《みつき》です。あの事件が起きて祝言《しゅうげん》が一年先延ばしになってしまったこともあり、まるですべての気鬱《きうつ》を晴らそうとするような、それはそれは豪勢《ごうせい》なお嫁入りの宴でした」

お弓が加賀屋を見上げた。

塵《ちり》ひとつなく掃き清められた加賀屋の店先には、ぴんと張り詰めたような気配が漂う。

「忠助が想っていたのは、お菊お嬢さまです。ですが忠助は当然のことながら、己がお菊お嬢さまに釣り合うはずがないとわかっていました」

お弓が寂しそうに言った。

「忠助に想いを打ち明けたときに、そのことを知りました。今はお前の想いには応えられない、と断られましたが、相手がお菊お嬢さまだと知って、私はむしろほっとしました。お菊お嬢さまがお嫁入りをされて錦屋を出てしまえば、忠助は私のことを見てくれるはずだと夢を持てたのですから」

お弓の顔つきが暗くなる。

「忠助の幽霊が現れるようになったのは、お菊お嬢さまが嫁入りをされてからです。きっと、お菊お嬢さまが錦屋からいなくなって初めて、忠助は己が死んだことの寂しさに気付いたんです」

お弓が下唇を嚙んだ。

気を取り直したように女中の顔になる。

「失礼いたします。若女将のお菊さまはいらっしゃいますでしょうか？　錦屋から遣《つか》いに参りました」

通された奥の部屋でしばらく待つと、ほのかな甘い香の匂《こう》いとともに小柄で抜けるように色の白い女が現れた。

たおやかな身のこなしひとつで、この女がお菊だと一目でわかった。

人妻に違いないのに、まるで娘のように可憐《かれん》な姿だ。

「まあ、お弓、久しぶりですね」

お菊は、幼い頃から使用人に囲まれて育った者らしい落ち着きとともに、親し気な笑みを浮かべた。

「お菊お嬢さま、お幸せそうで何よりでございます」

弓が深々と頭を下げた。

「こちらは？」

お菊がお奈津に目を向けた。戸惑《とまど》っている様子ではあるが、訝《いぶか》し気な態度は少しも表さないところに、育ちの良さが窺《うかが》えた。

「はじめまして。種拾いの奈津と申します」

「種拾いですって？　いったい何の記事を書こうとされているんでしょう？」

お菊が目を丸くした。

お奈津は背筋がぞくりとした。

お菊の目の奥に、どこかあの気丈夫《きじようぶ》な錦屋の女将と同じような強い光を感じた気がしたのだ。

「い、いいえ。今日は種拾いとしてではなく……」

お奈津は、言葉を切って考えた。

「忠助さんの幽霊話の顚末《てんまつ》を確かめに参りました」

お菊が忠助の名を聞いて、初めて動揺を見せた。

「お弓、どういうことか教えてちょうだい」

お弓は冷めた顔で頷いた。

「お菊お嬢さまがお嫁入りをされてから、錦屋の女中の間では忠助の幽霊話が囁かれるようになりました。夜明け前に竈に火を入れるために石蔵の横を通った女中が、背に匕首が刺さって口から血を流した忠助の幽霊に、顔を覗き込まれるのです」

「続けてちょうだい」

お菊はまっすぐにお弓を見て頷いた。

「口に出すのも恐れ多いことであることはじゅうぶん承知していますが、実は生きていた頃の忠助は……」

「忠助の私への想いはわかっていました」

お菊がはっきりとよく通る声で言った。なのに僅かに目が泳いでいる。

「私はこの目で忠助さんの幽霊を視ました」

お奈津は己の目を指さした。

「女中さんたちにも私と同じものが視えているのだとしたら、この噂は早晩《そうばん》江戸じゅうに広がります。このままでは錦屋さんの商売にも障りが出てしまうかもしれません。どうかお菊さんに、再びのご供養に立ち会っていただきたいのです」

お奈津はぺこりと頭を下げた。

あれ？

傍らのお弓も一緒に頭を下げるとばかり思っていたが、お弓は床の一点を見つめたままだ。

「奉公人の下衆《げす》な下心にお菊お嬢さまをお付き合いさせるなど、本来決してあってはならないことです」

お弓が低い声で言った。

「ですが今の忠助は、生きていた頃の生身の男ではございません。悪霊となって錦屋の庭を彷徨《さまよ》い歩いているんです。どうぞお菊お嬢さまの口から、いい加減、身の程知らずな思慕《しぼ》を捨ててとっとと成仏《じょうぶつ》するようにと、命じてやっていただけませんでしょうか」

お弓さん？

棘《とげ》のある言い回しにぎょっとした。

お菊はしばらく唇を結んでから、

「わかりました。錦屋のためですね」

と言った。

八

朝早い錦屋の庭に、月海のお経が響き渡った。

石蔵の脇の暗がりに線香の煙が立ち上り、すぐに冷たい風に吹かれて消えてしまう。

お奈津と直吉、それにお菊。直吉に呼ばれて、お弓もその場に並んだ。

「お前はなるべく俺の近くにいろ」

直吉に言われて、お奈津はまるでほんとうの兄妹のように直吉の脇にぴたりと身を寄せた。

「それではお別れです。どうぞ忠助さんにお言葉をかけてあげてください」

月海が振り返ると、風の中で線香の煙がぴたりと止まった。

「あ、忠助さん……」

現れたのは背が高く筋《すじ》が張り、いかにも生気に溢れた若い男だ。

今は匕首が背に刺さってもいないし、口から血を流してもいない。だが目元だけは今にも泣き出しそうな子供のように寂しそうだった。

「さあ、お菊お嬢さま。お菊お嬢さまには、きっと忠助の姿がお視えになりますでしょう？」

お弓が寂しそうな顔で促した。

お菊は頷くと一歩前に出た。

「忠助、ごめんなさい、許してちょうだい」

「お菊お嬢さまは、何も謝ることはございませんよ」

お弓の言葉に、お菊は首を横に振った。

「いいえ、忠助が死んだのは私のせいです」

覚悟を決めた強い言葉だ。

「えっ？　お嬢さま、それはいったいどういうことですか？」

お弓が何が何やらわからない顔をした。

「近所に賊が押し入ったという事件があったというのに、毎晩、忠助を呼び出したのは私です。寝ずの番をしていることにすれば、忠助が母屋のあたりをうろついていても誤魔化せると言い出したのも私です。私は加賀屋への嫁入りが決まっている身でありながら、忠助の心を弄《もてあそ》んだのです」

お菊が皆を見回した目には、ぞくりとするような暗い色気が宿っていた。

「そんな、私は、忠助はお菊お嬢さまに対して、決して手の届かない方への憧れを抱《いだ》いているんだとばかり……」

お弓が真っ青になって頭を抱えた。

「忠助の私への想いはわかっていました。奉公に入った十三の頃からずっと、忠助は変わらずただひとり、私だけを想い続けていたんです。それなのにお弓、あなたが現れたから……」

お菊がお弓に向き合った。

「忠助がただ一度だけ、私の前でお弓の後ろ姿を目で追ったんです。私は頭にかっと血が上りました。どんなときでも私を想ってくれるはずだった忠助に、裏切られた気がしたんです」

「ひどい、どうしてそんなことを」

お弓がお菊を睨みつけた。

「お菊お嬢さま、あなたの意地の悪い気まぐれのせいで、忠助は……」

お弓がしゃがみ込んで砂利を摑んだ。

「きゃっ！」

お菊が怯えた顔で後ずさる。

「お弓さん、おやめください！」

お奈津は慌てて駆け寄った。

お菊を守ろうというつもりではなかった。

錦屋の主人の娘に砂利を投げつけて怪我をさせでもしたら、お弓は無事ではいられない。そんなことになってしまったら、あまりにもお弓が不憫《ふびん》だった。

――お弓。俺、死にたくねえよ。

ふいに悲し気な呻き声が聞こえた。忠助の姿が線香の煙の奥でほとんど消えかけていた。

お弓がはっと顔を上げた。

「忠助……」

ぱらぱらと砂利が地面に落ちた。

お弓は両手で顔を押さえてむせび泣く。

忠助の姿が視えているのだ。

「私、忠助のことをずっと待っているつもりだったのよ。たとえお菊お嬢さまとの間に何があったって。あんたがこの世に生きてさえいてくれたなら、私はいつか必ず振り向かせるつもりだったわ」

お弓の顔がみるみるうちに歪《ゆが》む。

「うわーん！」

お弓は空を見上げて、子供のような泣き声を上げた。

九

「直吉さん、その節はたいへんお世話になりました。お礼に蜜柑《みかん》をどうぞ。とても美味しいらしいので一緒に食べましょう」

直吉の家の生け垣《いがき》越しに、お奈津は大きくて形の整った蜜柑の入った籠《かご》を差し出した。

その一つを手に取った直吉は、不思議そうな顔をする。

「ずいぶん上等な蜜柑だな」

「ええ、無事に錦屋の幽霊話を七五郎さんに納めたので、金造親方から多めのお駄《だ》賃《ちん》を貰いました。せっかくですので、水菓子屋でわざわざ買い求めてきたんですよ」

「水菓子屋だって？　子供のくせにそんな無駄遣いをするな」

直吉が呆れた顔をする。

「私も一度でいいから水菓子屋の蜜柑を食べてみたかったんです。直吉さんへのお礼というのは口実のようなもんです」

お奈津はぺろりと舌を出すと、蜜柑を一つ手に取った。

皮を剝《む》くと爽やかな香りが広がった。

「はい、半分どうぞ」

二人で揃《そろ》って蜜柑をひと房《ふさ》、口に放り込む。

「美味《うま》いな……。こんなに甘い蜜柑は初めてだ」

美味しい！　とお奈津が大きな声を上げる前に、直吉が頰を綻《ほころ》ばせて呟いた。

お奈津は呆気《あっけ》に取られて直吉の笑顔を見つめた。雲の晴れ間のほんの束《つか》の間《ま》の日差しのように、周囲を明るく照らすような笑顔だ。

「直吉さんって、甘いものが好きだったんですね」

「そんなに目を丸くして驚くことか？」

直吉がまたひと房、蜜柑を口に放り込む。

「い、いえ、別にそんなことはありませんよ」

直吉の笑顔に見惚《みと》れていたなんて言えるはずがない。

お奈津は慌てて大きく首を横に振った。

「でもまさか、お菊さんがあんなに怖い女性だったなんて思いませんでした」

人は見かけによらないのね。

後の言葉は胸の中だけで呟いた。

「結局、錦屋の女将には幽霊騒動の顛末をどう話したんだ？」

「私からは何も。幽霊事件はすべて解決しました、とお伝えしただけです」

「そんな報告で女将は納得したのか？」

「……ええ。あれから金造親方によれば、忠助さんの里の家族へ、そしてお弓さんへの口止めに、少なくない額のお金が動いたようです」

女将は、お菊がわざわざ嫁ぎ先から戻って供養に参加していると知り、すべてを察したに違いなかった。

――お弓。俺、死にたくねえよ。

忠助の幽霊が言った言葉だ。

お菊の残酷な気まぐれがなければ、きっと忠助とお弓は今頃、お互いを想い合う恋人同士になっていたに違いない。

人の運命というのは、ほんとうに小さなきっかけですっかり変わってしまうものなのだ。

「ところでひとつ、お前に大事な話がある」

「はい！　何でしょう？」

お奈津は気を取り直して直吉を見上げた。

「ひとりで幽霊話に首を突っ込むような、勝手な真似をするな」

お奈津は身を正した。

お奈津が忠助の幽霊話をしていたときに、覚えのない涙が止まらなくなってしまったこと、己の掌に血が視えてしまったことを言っているのだ。

「わかりました。でも、忠助さんはそんなに恐ろしい幽霊だったようには思えませんでした。どうして私はあんなことになってしまったんでしょう」

「忠助の幽霊がどうこういう話じゃないさ」

直吉が首を横に振った。

「お奈津、お前の胸の内が幽霊話に爛《ただ》れていたのさ」

「えっ？」

お奈津は首を捻った。

「嫌な話、不幸な話というのは、人の身も心も腐らせるんだ。それも人が死んだ話や幽霊話に近づきすぎたりしたら、いくら能天気なお前でも、気持ちが抑えられなくなったり妙なものが視えたりするのは当たり前だ」

「でも、私の仕事は種拾いですよ？　どうしたらいいんでしょう？」

人に罵倒《ばとう》され、泣かれ、追い払われて、どうにもこうにも眠れなかった夜の鼓動《こどう》の速さが蘇る。

言われてみれば、思い当たることはありすぎるほどあった。

「種拾いの仕事を辞めるしかないな」

「それは無理です！　私は一人前の種拾いになりたいんです。私のことを心配してくださるなら、もっととことん親身になってくださいな！」

思わず直吉をきっと睨みつけた。

「……そうか、悪かったな」

直吉が素直に謝ったので、お奈津のほうが驚いた。

「なら、これから幽霊話を追うときは、必ず俺に頼れ」

お奈津は目を丸くして直吉を見上げた。

「い、いや、俺だけにという意味じゃない。俺か、月海か、はたまた良海に……。いや、あいつは駄目だ。良海は駄目だ」

直吉が目を泳がせた。

「……私、直吉さんに迷惑がられていると思っていました。『必ず俺に頼れ』だなんて、そんな優しい言葉を掛けてもらえて夢のようです。お江戸に出てきてから、私にそんなふうに言ってくれた人は誰もいません」

お奈津は胸に掌を当てた。

「迷惑なのは間違いない。ただ、他で勝手なことをされて、もしお前がいなくなったら――」

直吉とお奈津はほんの刹那、見つめ合った。

お奈津の頬がじんわりと熱くなる。

「いいところを済まないね。お邪魔するよ」

すぐ背後で聞こえた声に驚いて振り返ると、そこに七五郎の姿があった。

お奈津と直吉を交互に見て、またあの嘲《あざけ》るような含み笑いを浮かべた。

「えっ？　七五郎さん？　どうしてここに？」

いつから七五郎はここにいたんだろう、と思うと、背筋が冷えるような気がした。

「金造親方から錦屋の幽霊話をいただいたときに、人が死んだ部屋を貸す家守の直吉のことを聞いたんだ。お奈津、あんたのあとをつけていたんだよ」

「金造親方から聞いて、ですって？　そんな、まさか」

人が死んだ家を専門に貸す家守、直吉の話を最初に見つけてきたのは金造だ。

しかし金造がいつか記事にしようと温めている大事な種を、容易に他人に受け渡すような真似をするなんて信じ難い。

「直吉、私は少し前にあんたの名を見た。まずは挨拶《あいさつ》代わりにそれを伝えたくてね」

「さほど珍しい名じゃない」

直吉が身構えるような目をした。

明らかに、七五郎のことを胡散臭《うさんくさ》く思っている様子がわかる。

「いや、きっとあんたの名だ。あんたの顔を見て確信したよ」

七五郎が詰め寄ると、直吉は嫌そうに目を逸らした。

「あんたの名がどこにあったか知りたいだろう？　川越《かわごえ》のとある屋敷の框《かまち》のところだ。あんたの名が彫《ほ》ってあったんだ。まるで人の爪で引《ひ》っ掻《か》いて彫ったみたいな、薄くて汚くて、なのにぞっとするくらい鬼気《きき》迫る文字さ」

――人の爪。

お奈津はごくりと喉を鳴らした。

「心当たりがあるんだろう？」

お奈津が直吉を見上げると、直吉の額に大粒の汗が浮かんでいた。

第三章

藪《やぶ》の中

一

「たいへんなことになったぞ」

金造《きんぞう》の部屋に顔を出して開口一番そう言われて、お奈津《なつ》ははっと身構えた。

「いったいどうしましたか？」

確かに七五郎《しちごろう》さんが現れてからこのところ、親方は様子がおかしかったですよね。ずっと気になっていたんです。

案じていたとおりに大ごとになってしまったんだ、と身が強張《こわば》る反面、ここしばらくの居心《いごころ》の悪さの理由がついにわかると思うと、どこか胸が高鳴ってしまう種拾いらしい己《おのれ》もいた。

「荒浪右エ門《あらなみうえもん》が引退するって話だぜ！」

金造が目を剝《む》いた。

「……それって、どなたでしょう？」

お奈津は心底拍子抜《ひょうしぬ》けした気分で訊《き》いた。

「お奈津、お前、まさか荒浪右エ門を知らねえのか？　おっと、お前は女だったな。けど、名前くらいは聞いたことがあるだろう?」

「女だったな、ということは……荒浪右エ門さんというのは、相撲取《すもうと》りの四股名《しこな》でしょうか?」

「ああ、そうだよ。荒浪右エ門は俺のいちばんの贔屓《ひいき》の力士さ。身体《からだ》はさほど大きくねえってのに、筋《すじ》が張って動きに切れがあるのさ。それに何より、荒浪には臆《おく》病心《びょうごころ》がねえんだ。どれほど格上の力士と闘っても少しも力を抜かずに、最後の最後まで全力で立ち向かうあの姿に、俺はどれほど泣かされたかわからねえや」

かつて熱狂した取り組みを思い出したのか、金造は目を赤くしている。

「はあ、そうでしたか」

お奈津は白けた面持《おもも》ちで相槌《あいづち》を打った。

相撲見物は基本的に女人禁制だ。

女は観ては駄目だなんて意地悪を言われると、太った裸《はだか》の男が身体をぶつけ合うむさ苦しい見世物なんてこっちからお断りだ、と言い返したくなる。

だが時折、道ですれ違う相撲取りの、周囲の男よりも一回りも二回りも大きな身体、とんでもなく太っているはずなのに少しも醜《みにく》く弛《たる》んでいない馬のような筋には、思わず立ち止まってぽかんと見惚《みと》れてしまうような迫力があった。

「その荒浪が、俺に頼みがあるって言うのさ。相撲部屋を出るってんで、俗世で暮らすための身の回りのことを手伝って欲しいとな。もちろん承知したよ。すべて俺に任せておいてくれ、って言ったさ」

飛ぶ鳥落とす勢いの大人気の相撲取りが引退するとなれば、その後の暮らしは、いくらでも贔屓筋が面倒を見てくれるに違いない。

つまり荒浪は相撲取りとしては、しがない種拾いの金造に先のことを頼るしかない程度の勝ち星を挙げることしかできなかったということだ。

相撲取りとして伸び悩んだのか、はたまた怪我《けが》か病気に悩まされたのか。

どこかしゅんと萎《しお》れたものの漂《ただよ》う引退話だ。

「荒浪の次の仕事は俺が探すぜ。力自慢の元相撲取りを用心棒に欲しいってところならいくらでもあるからな。その中でも、いちばんいいところを探してみせるさ。それでお奈津、お前に頼みたいのは家探しだ」

「家探し、ですか？　それこそ金造親方には、知り合いの大家さんがいくらでも……」

「荒浪に直吉《なおきち》の話をしたのさ。人が死んだ家専門の家守《やもり》がいるってね」

息が止まった。

「荒浪はそれを面白がってね。ちょろっと幽霊が出るくらいで、店賃《たなちん》が安くて綺麗な部屋があるってんなら、ぜひともそこに住んでみたいって言うのさ」

「ちょろっと幽霊が出るくらいって、そんな……」

いかにも相撲取りらしい豪快《ごうかい》な言い草だ。

「とまあ、そういうわけだ。荒浪を直吉のところに案内してやってくれ。客を紹介するんだ、直吉にとってもいい話だろう？　なんだ、その顔は。嫌なのか？」

金造がぎろりとお奈津を睨《にら》む。

「荒浪さんを直吉さんに紹介するのは、嫌じゃありません」

唇を尖《とが》らせた。

「嫌じゃないけれど何だ？　何か腹にあるならとっとと言え」

「けど親方、直吉さんのこと、七五郎さんに話しましたよね？」

七五郎の名を聞いた途端《とたん》、金造の顔に微《かす》かに暗いものが差した気がした。

「ああ、話したぞ。何か悪いか？」

わざと拗《す》ねた顔をしてみせるが、目が泳いでいる。

お奈津はごくりと唾《つば》を呑んだ。

「直吉さんの家守の仕事については、私が親方に命じられて種を拾っている最中です。なのにその大事な種を七五郎さんに喋《しゃべ》ってしまうなんて、親方らしくもないと気になっていました」

金造が黙り込む。

「親方、いったい七五郎さんから何を聞こうとしたんですか？　錦屋《にしきや》の忠助《ただすけ》の幽霊話との引き換えになったのは、どんな話だったんでしょう？」

「俺が、それは決して話せないと言ったらどうする？」

金造が両腕を前で組んだ。

口元を一文字に結んでお奈津に鋭い目を向ける。

お奈津はまっすぐにその目を見返した。

「私は半人前ですが種拾いです。己の力で調べます。親方の周囲を探って、七五郎さんに取り入って、いったい親方が何を企《たくら》んでいるのかに辿《たど》り着いてみせます」

腹から声を出して言い切った。

金造がにやりと笑った。

「種拾いってのはそうでなくちゃな。いつでも受けて立つぜ」

金造の余裕の笑みを前にすると、到底《とうてい》勝てる気はしない。

「そんなあ、親方、教えてくださいよ。私、親方が何か困っているんじゃないかって心配しているんです」

慌てて作戦を変えて泣きついた。

「お前に憂慮されるほど落ちぶれちゃいねえぜ。どうしても俺の隠し事を知りたかったら、手前の力で掘り返しな」

金造がいつもの調子に戻った。

「けどな、ひとつだけ忠言《ちゆうげん》しておくぜ」

金造はお奈津の顔を覗《のぞ》き込んだ。

「大人を舐《な》めるなよ。人が歳《とし》を重ねるってのは、地獄《じごく》を知ることと同じさ。呑気《のんき》に見える爺《じい》さんも、にこにこ優しい婆《ばあ》さんも皆、お前みてえな娘っ子が思いもしねえような地獄を胸に抱えているもんだ」

金造が己の胸を掌で叩く。

「生半可《なまはんか》な気持ちで覗き込んで、金輪際《こんりんざい》、人を信じることができなくなっても知らねえぜ」

金造の目が紺色《こんいろ》に鈍く光る。

「わ、わざと脅《おど》かすようなことを言わないでください」

お奈津は急に速くなった拍動を感じながら、作り笑いを浮かべた。

「それじゃ、荒浪のことは頼んだぜ。奴《やっこ》さん、怪談話や幽霊話が大好物だって話だからな。大喜びするような、とんでもなくえげつねえ部屋を紹介してやってくれよ」

金造が話はこれでおしまい、というように大きくぽんと掌を叩いた。

二

荒浪右エ門は、お奈津の三倍くらいの大きさの小山のような男だった。

眼光は鋭く、顔じゅう傷だらけで耳が曲がっている。

思わず臆《おく》してしまいそうになったお奈津に、荒浪は顔を歪《ゆが》めて笑った。

「今日はよろしく頼むよ」

よく通る声に驚いて改めて見ると、荒浪は強面《こわもて》でありながら、少しも乱れた暮らしを感じさせない不思議な風格がある。

名力士として名を轟《とどろ》かすことができなかったとしても、日々の鍛錬《たんれん》によってひとつの道を究めた者はその風貌《ふうぼう》からすぐにわかるのだと、お奈津は感心した。

「俺の里は川越《かわごえ》さ。お嬢ちゃん、行ったことがあるかい？」

「いいえ、一度もありません」

「いいところだよ。俺はこの十年、一度も帰ってねえけどな。里を忘れたことは一度もねえさ」

千駄ヶ谷《せんだがや》へ向かう道すがらの世間話も、驚くほどにこやかで心安い。兄貴肌《あにきはだ》というのはこういう者のことを言うのだろうかと思った。

「こちら、相撲取りの荒浪右エ門さんです。直吉さんに部屋を紹介して欲しいとのことでお連れしました」

張り切って直吉に紹介すると、直吉は淡々《たんたん》とした様子でただ「家守の直吉と申します」と頷いた。

「お嬢ちゃん、相撲取りって紹介をするのはやめてくれよ。元、相撲取りだ」

荒浪が苦笑いを浮かべた。

「どんな部屋がよろしいでしょうか？」

直吉が荒浪に訊く。

「どんな部屋だって？　幽霊が出る部屋だ！　とんでもなくおっかねえ幽霊が出る、気味悪い部屋を貸してくれよ！」

荒浪が豪快に笑った。

「なぜ幽霊が出る部屋に住みたいんですか？」

直吉が訊く。

「俺が住んでやらなくちゃいけねえからさ！」

荒浪が己の身体を力いっぱい叩いた。

「自慢じゃねえが、俺は生まれてこの方、臆病心を出したことは一度もねえんだ。餓鬼《がき》の頃から、どんなおっかねえ怪談話も、にこにこ笑って喜んでいたさ」

「確かに荒浪さんは、とにかく少しも臆病心のない相撲取りだ、って金造親方も言っていました。どんな強い相手にも一切怖がらずに全力で向かっていく、その心意気がたまらない、って……」

「そんなふうに言ってくれた客がいるってのは、ありがたいね」

荒浪が得意気な目をお奈津にちらりと向けた。

「それじゃあ、己が相撲取りを辞めてからも、少しも臆病心を持たずに暮らしていると皆に示すために、人が死んだ部屋に住みたいというわけですね」

直吉の言葉に、荒浪が呆気《あっけ》に取られた様子でぽかんと口を開けた。

「ちょ、ちょっと待ちな。俺は……」

「ぴったりの部屋がありますよ」

直吉が荒浪に静かな目を向けた。

「人殺しがあったと噂されている部屋です。さらにその事件の顚末《てんまつ》は結局わからずじまいのまま、という曰《いわ》く付きです」

「つまりそこで死んだ奴を殺したのは誰か、まだわかっていねえってことか？」

荒浪が真面目な顔をした。

「ええ、そのとおりです。野に放たれた人殺しが、いつ舞い戻ってくるかわからない部屋です」

しんと静まり返った。

と、荒浪の高笑いが響き渡る。

「面白えな。まさに俺にぴったりだよ」

「その部屋で起きた出来事について知りたいですか？　むろん、ほんとうに何が起きたのかは死んだ本人しかわからないことなのでしょうが」

お奈津はぎょっとして直吉を見た。

「いいね。教えてくれよ」

「死んでいたのはその部屋で暮らす老女です。近所の人が様子を見にいったら、血まみれで横たわっていました」

「へえ、それじゃあ幽霊が出るとしたら婆さんの幽霊ってことだな。ちぇっ、色気がねえなあ。それで、その婆さんを殺したのは行きずりの賊《ぞく》か何かかい？」

「近所の人は、一緒に暮らしていた息子が殺したと話しています」

「息子だって？　そりゃ穏やかじゃねえな」

荒浪が何ともいえない顔をした。

親殺しは大罪だ。だがどんな罪に問われるかということよりも、親孝行がいちばんの徳とされるこのご時世に、親を手にかけた話はさすがにお江戸広しといえどもそうそう聞かない。

「その男はいい歳の大人でありながら、働きもせず親に金をせびり挙句の果てが手を上げる、どうしようもない息子だったそうです。老女が『私が育て方を間違えた』と泣いている姿を、近所の皆が幾度《いくど》も目にしているとのことでした」

直吉は少しも心の動きを見せない口調で言った。

「その息子は今どうしているんだ？」

「老女が死んだその日から行方がわかりません」

「ってことはつまり、首を括《くく》ったり川に飛び込んだ、ってわけじゃねえんだな？」

「私が知っているのは、今話したことがすべてです。これ以上のことは、訊かれてもわかりません」

荒浪がはっと我に返った顔をした。

覚えずして話に引き込まれてしまった己に、恥ずかしそうに苦笑いを浮かべた。

「いいさ、その部屋を貸してくれよ。その息子ってのは、親がかりで日がな一日だらしなく暮らしていたろくでなしだろう？　そんな野郎なら少しも怖くねえさ。たとえぐっすり寝込んでいるところを襲われたって、一撃でぶっ飛ばしてやるぜ」

荒浪が己の腕の筋を叩いてみせた。

「わかりました。それではすぐに手配します」

直吉が頭を下げた。

三

早速、相撲部屋に引っ越しの用意に戻った荒浪を見送って、お奈津はふうっと大きなため息をついた。

「金造親方が、ご迷惑をお掛けします」

ぺこりと頭を下げた。

「別に迷惑じゃない。うちは家守が仕事だ」

応じる直吉の声は、相変わらず冷たい。

錦屋で鳥太郎《とりたろう》を肩に乗せたときの笑顔を、一緒に蜜柑《みかん》を食べたときのあの笑顔をまた向けてくれることはないのだろうか。

お奈津がどこか縋《すが》るような気持ちでじっと直吉の顔を見つめていると、直吉は煩《うるさ》そうに顔を背《そむ》けた。

「あの、直吉さん……」

踵《きびす》を返そうとする直吉を、慌てて呼び止めた。

「何だ？」

振り返った顔に表情はない。

お奈津はごくりと喉を鳴らして唾を呑んだ。

「この間の七五郎さんの話、直吉さんはどう思いましたか？」

七五郎が目にしたという、框《かまち》に〝直吉〟の名が彫られていたという屋敷の話だ。

「どう思う、とはどういう意味だ？」

どこか言葉遊びのようなことを、にこりともせずに訊く。

こんなふうになってしまった直吉には、まだるっこしい話し方をしていたら少しも届かない。

「七五郎さんの言っていた屋敷に、直吉さんのご両親が閉じ込められているのではないでしょうか？　と、そういう意味です」

腹の内に渦巻《うずま》いていたことをはっきりと言った。

直吉が動きを止めた。

「それと直吉さん、七五郎さんに会ってから私に冷たいですね。『必ず俺に頼れ』なんて素敵なことを言ってもらえて、私はとても嬉しかったんですよ。なのに言ったその直吉さんがこの調子じゃ、怖くて少しも頼れません。大人なんですから、己の言ったことは守ってくださいな」

膨《ふく》れっ面《つら》を浮かべてみせたら、直吉の表情が微かに和らいだのがわかった。

直吉は苦笑いのように口元を歪めて、目を虚空《こくう》に向けた。

「七五郎の言っていた屋敷は川越だろう？　お江戸とはあまりにも離れている。その直吉は、俺と名だけ同じ別の誰かのことさ」

直吉の声に、ようやくどこか悲し気な色が滲《にじ》んだ。

「でも七五郎さんは『きっとあんたの名だ』って言っていましたよ？」

「俺から幽霊話をかき集めるための口実だ」

「もしそうだとしても、七五郎さんが直吉さんのご両親のことを何か知っているならば、直吉さんが知っている幽霊話をいくら教えてあげても、まったく損にはならないと思いますが」

「まったく損にならない、なんて軽々しく言うな。あの七五郎が幽霊話を集めている理由が、ほんとうかどうかなんてわかりゃしないさ」

直吉が窘《たしな》めるように首を横に振る。

「さる幽霊話が大好きなお金持ちが、七五郎さんに国じゅうの幽霊話を集めて回るように命じている……ってあの話ですか？」

確かに考えてみれば奇妙なところが多い話だ。

七五郎の言葉を少しも疑っていなかった己に気付いて、お奈津はこっそり息を吐いた。

「確かにそうかもしれませんね。でもそれにしても、もう少しきちんと七五郎さんのお話を聞いてみたほうが良かったのではないですか？」

あれから直吉は、ふらつく足取りでろくに挨拶《あいさつ》もせずに家に戻ってしまった。

七五郎のほうは、そんな直吉の背を何か含んだ目でじっと窺《うかが》っていた。

何とも居心の悪い形でのお開きだった。

ふいに、あっと思う。

「七五郎さんが言っていたお屋敷って、確か川越でしたよね？」

「……そう聞いたな。だからどうした？」

直吉が怪訝《けげん》そうな顔をした。

「え？　いえいえ、こちらの話です」

ちょうど荒浪右エ門の里も川越だったと聞いたばかりだ。

もう十年も帰っていないと言っていたけれど、荒浪の里への想いは深そうだった。

引っ越しの手伝いにかこつけて、川越の奇妙な屋敷へ繋がる話を聞き出すことができるかもしれない。

偶然、同じ地名を聞いたというだけで求めている話を得られるなんて、それこそ針穴《はりあな》に糸を通すような難しいことだ。だが、常人が見落としてしまうようなほんの少しの繋がりひとつで、真実に辿り着いてしまうのが一人前の種拾いだ。

急に種拾いとしての興味がむくむくと湧《わ》いてきた。

「なんだ、その輝いた目は。また何か勝手なことを……」

「いえいえ、これは幽霊話とは何の関係もない、種拾いとしての領分です。私のことが気にかかるのはわかりますが、種拾いとしての仕事にまで口出しはご無用です」

「お、お前、その生意気な言い草はなんだ」

お奈津はくすっと笑った。

「直吉さん、ようやく笑ってくれましたね」

「笑ってなんかいない。むしろ怒っているぞ」

「怒りながら笑っていますよ。直吉さんのその怖い笑い顔を見れて、ほっとしました」

お奈津は満面の笑みを浮かべた己の頬《ほお》を指さしてみせた。

「怖い笑い顔だって？」

直吉が己の頬を撫でた。

「ああ、ごめんなさい。少々口が滑りました。怖いというのは言いすぎましたね。奇妙な笑い顔とでも言いましょうか」

「……奇妙な笑い顔」

直吉が首を捻《ひね》った。

「おっと、今のも言い間違えたかもしれません。ぜひ今度、鏡を覗いて己の笑い顔を見てみてくださいな」

直吉さん、ほんの少し待っていてくださいね。

私、七五郎さんが言っていた川越の幽霊屋敷について調べてみせます。

それで、いつかきっと直吉さんのご両親を探し出して、直吉さんが大きな声でお腹を抱えてたくさん笑えるようにしてみせます。

胸の内だけでそう言って、お奈津はうんっと頷いた。

四

「おーい。今、帰ったぞ……なんてな」

荒浪は誰もいない部屋の奥に声を掛けて、苦笑いを浮かべた。

湯屋《ゆや》帰りの身体は、帰り道の冷たい風ですっかり冷え切っていた。

静寂《せいじゃく》というものに慣れていないせいか、胸に何か引っ掛かっているような気分が抜けない。

十四で入った相撲部屋での暮らしは過酷《かこく》だった。

新入りの頃は、激しい稽古《けいこ》に加えて兄貴分たちの身の回りの世話のために、明け方から真夜中まで駆けずり回った。

いくら真面目に働いたところで、えらいえらいと褒《ほ》めてもらえるわけでもない。それどころか、些細《ささい》なきっかけから兄貴分に囲まれて殴《なぐ》る蹴《け》るの目に遭《あ》わされたことは、この十年で百度ではきかない。

相手は巨体の力自慢で、おまけに日々闘いを繰り広げるのが仕事の相撲取りたちだ。

顔が腫《は》れ上がって歪み、目が開かなくなった。血の小便が出て耳の形が変わった。

兄貴分たちに殺されないために、一刻も早く固い筋に覆《おお》われた強靭《きょうじん》な身体を作らなくてはいけないと、荒浪は鍛錬に励んだ。

俺は必ず、ここでの暮らしを生き延びてみせる。

それだけを胸に、数年間耐え忍んだ。相撲取りとして名を挙げるなんてことは、二の次三の次だった。

己が兄貴分の齢になってからは、弟分たちに同じ思いをさせるのがしのびなく、周囲の言葉を借りればずいぶん甘やかした。折檻《せっかん》の場に止めに入って、代わりに胸倉を摑《つか》まれたことは幾度もある。

弟分には慕《した》われたが、周りからは臆病者と陰口を叩かれ冷ややかな目で見られているとわかっていた。

だから土俵《どひょう》の上でだけは、決して臆病心を出さないと決めていた。誰が見ても必ず負けるとわかっているような取り組みでも、最後の最後まで、己の相手が誰なのかさえ気付いていないような顔で闘ってやる。そう決めたのだ。

だがそんな思い出もすべて、今となっては昔の話だ。

荒浪は暗い部屋の真ん中に大の字に横たわった。

「あーあ。終わっちまったなあ」

大きく伸びをした。

ひとたび引退してしまえば、己はただの図体《ずうたい》のでかい男でしかない。

この齢になって一から新しい暮らしを始めることに、初めて臆病心が出てきたような気がした。

ふいに、ぞくりと寒気《さむけ》を覚えた。

「おっと、風邪をひいちまったかね？」

うんと幼い頃を思い出す不思議な感覚だった。

相撲部屋の暮らしでは、おちおち風邪をひいている暇もなかった。

引退して暇を持て余す暮らしになった途端に風邪をひくなんて。

まったく、病《やまい》は気からとはよく言ったものだ。

「へくしょい！」

大きなくしゃみをした。

何か羽織《はお》るものをと身体を起こそうとした。

——動かない。

最初に胸に浮かんだのは、「俺はこれで死んじまうのか」という思いだった。

相撲取りの頃は、妙な浮腫《むく》みや怠《だる》さを訴《うった》えたり、頭に怪我をしたりした幾人もの仲間がこうして寝たまま死んだ。

——俺にもお迎えが来たのか？

だったら、せめて相撲部屋にいるときに死神が来てくれればよかったものを。憂《う》き世《よ》に親しい者はほとんどいない。ここでこと切れてしまったら、きっと見つかる頃には変わり果てた姿になっているだろう。

「へ、へくしょい！」

身体は動かないというのにくしゃみだけは出るというのは、おかしなもんだ。

荒浪はぐずりと洟《はな》を啜《すす》った。

ふと気付くと、枕元に人影があった。

水の音。

洗い桶《おけ》で手拭《てぬぐ》いを水に浸《ひた》して絞《しぼ》る音だ。

額《ひたい》にひんやりと冷たい感覚を覚えた。湿布《しっぷ》だ。薬のような苦い匂いが微かに漂う。

「……お袋か？」

思わず訊いてしまってから、いやまさか違う、と気付く。

家守の直吉から、この部屋で死んだのは老婆だと聞いた。

奥歯を噛み締めて、目玉に渾身《こんしん》の力を籠《こ》める。

人影を見上げた。

頭から血を流した小さな老婆が、荒浪の顔を覗き込んでいた。

疲れた暗い顔つき。

目の周りや、手足のところどころがまだらに黒ずんで見える光景には、相撲部屋で幾度も見覚えがあった。あれは殴られてできた痣《あざ》に違いない。

「あ、あんたがここで死んだ婆さんか？」

老婆は今にも泣き出しそうに顔を歪めた。

「ねえ、宇之助《うのすけ》や、悪いことは言わないからね。お願いだから、お願いだからね。どうかまっとうに働いておくれよ」

――宇之助というのが息子の名か。

荒浪は老婆の顔をじっと見つめた。

「お前はちっちゃい頃、あんなにいい子だったじゃないか。私が井戸で水汲《みずく》みをしていると決まって手伝いに飛んできてくれてさ、『いつかおっかさんに楽をさせてやるよ』なんて言ってくれたよね」

――たまらねえな。

荒浪は顔を歪めた。

「おっかさんは、別に楽をさせてくれなんて思っちゃいないよ。ただ、宇之助、あんたがまっとうに働いて、人さまに迷惑を掛けずに生きていけるってところを目にするまでは、死んでも死にきれないんだよ」

鼻の奥がむずむずする。なんだってこんなときに。

「へくしょい！」

荒浪が大きなくしゃみをしたそのとき、老婆が「ひっ」と叫んで飛び退《の》いた。

両腕で己の頭を庇《かば》うようにして、だんご虫のように丸く身を縮《ちぢ》める。

「ご、ごめんよ。ごめんよ。おっかさんが悪かったよ、どうか腹を立てないでおくれね」

荒浪の胸に、拳を翳《かざ》されて小さな子供のような泣き声を上げる弟分たちの姿が浮かんだ。

「この話はやめようね。嫌な話をしてごめんよ。お願い、お願いだよ、殴らないでおくれ。おっかさんの左腕は、変なふうに固まっちまって、もうろくに動かないんだよ」

「婆さん、違うよ。俺はあんたの息子じゃねえよ」

荒浪が言うと、老婆はぽかんとした顔をした。

「なあ、あんたの息子の宇之助って野郎は、あんたのことを殺――」

畜生、こんなときにまただ。

「へ、へ、へくしょい！」

荒浪がくしゃみをしたその刹那《せつな》、老婆の姿は消え去った。

五

「親方、無事に荒浪さんはお引っ越しを終えましたよ。それと、先日の鶏小屋《とりごや》ばかり狙う泥棒の話ですが、富岡八幡宮《とみおかはちまんぐう》の参道で、このところ妙に安くて店主の素性《すじょう》が知れない怪しい焼き鳥屋の出店が出ているって話が……」

お奈津は、あっと言葉を止めた。

「七五郎さん、いらしていたんですね。どうもこんにちは」

金造と七五郎が膝を突き合わせて、何やら真剣に話している最中だった。

金造と七五郎は、はっと我に返ったような顔をして目を交わす。

七五郎が挨拶もせずに、横目でじっとお奈津を眺める。

「七五郎、悪いな。今日の話はここまでだ。こいつに聞かれたら、うんと面倒な話なもんでな」

金造がわざとらしく言って、己の口を押さえる真似《まね》をした。

「親方、意地悪を言わないでくださいな」

「俺が、これは聞かれたくない話だ、って思うのは意地悪でも何でもねえさ」

金造は素知《そし》らぬ顔だ。

「そういえば、荒浪が引っ越した先ってのも幽霊が出るんだったな」

「親方、まさかまた幽霊話を七五郎さんに聞かせようと思って、荒浪さんを紹介したんですか？」

七五郎の耳がぴくりと動いた。

「いや、違うぞ。荒浪の件は俺の心からの親切からしたことだ」

金造が胸を張る。

「ほんとうですか？　それじゃあ、万が一にも荒浪さんの暮らす部屋に幽霊が出たとしても、私は金造親方には一切何も教えてあげませんからね」

「ああ、もちろんそうしてもらってかまわないぞ。俺が七五郎から聞きたかったことはもう終わった。次からどうするかは、お前が決めることさ」

「聞きたかったことはもう終わった、って、そんな……」

お奈津は怪訝な心持ちで金造と七五郎を交互に見た。

お奈津が拾ってきた錦屋の幽霊話と引き換えに、金造は七五郎から何を聞き出したのだろう。

金造はわざとさっぱりしたような顔をして両手を広げてみせる。

だが、つい先ほどまで七五郎と話していたときの深刻そうな顔つきは、忘れるはずもない。

「今度はお前と直《じか》に取引をしてもいい。もしも面白い幽霊話を持ってきたなら、いつでもお前が知りたい何かを教えてやるよ」

七五郎がお奈津の胸の内を探るような目で言った。

「私が知りたい何か……ってどういうことですか?」

七五郎は例の嫌な含み笑いを浮かべて、お奈津に向き合った。

「川越の幽霊屋敷」

息が止まった。

七五郎はお奈津の反応をじっくり楽しむような目で眺める。

「そこにあの直吉って家守の大事な誰かが、閉じ込められていると思っているんだろう?」

「七五郎さんは、人を取り込む幽霊屋敷の噂を知っているんですか?」

掠《かす》れた声で訊いた。

「知っているというには、まだ知らないことが多すぎる。ただ、話の欠片《かけら》はたくさん持っている」

「教えてください。何でもいいので手がかりを探しているんです」

前のめりに聞いた。

「それは取引か？」

七五郎の目が光った。

お奈津はうっと黙る。額に大粒の汗を浮かべていた直吉の青い顔が胸を過《よぎ》った。

「……わかりました」

観念して言うと、七五郎が満足気に頷いた。

「川越の屋敷は、喜多院《きたいん》の参道の裏手にある立派なお屋敷だ」

七五郎が面白がるように節をつけて言った。

「喜多院の参道の裏手ですね？　何か目印になるようなものはありますか？」

「その屋敷は戸が黒いんだ」

「え？」

闇への入口のような光景を想像して、背筋がぞわりとした。

「立派な門構えの奥にある戸が一面真っ黒に塗られている。それだけでじゅうぶんな目印だろう」

「わ、わかりました。黒い戸ですね。ありがとうございます」

お奈津は息を整えながら胸元から取り出した帳面に書き記した。

ふと視線を感じて顔を上げると、金造が渋い顔をしてお奈津を睨んでいる。

種拾いの仕事がまだまだ半人前の身でありながら、直吉のために人を取り込む幽霊屋敷、なんて荒唐無稽《こうとうむけい》な噂話に喰いついていることを怒っているのだろう。

後で大目玉を喰らうに違いない。

お奈津は強張った愛想《あいそ》笑いを浮かべて、肩を竦《すく》めた。

そのとき、戸の向こうから声が響いた。

「おうい、金造親方！」

「はてな、この声は荒浪だ。急にここへ来るなんて妙だな」

金造が首を傾《かし》げた。

「ああ、いるぞ。どうだ、娑婆《しゃば》の暮らしは存分に楽しんでいるか？　頼まれていた用心棒の仕事は、今、給金の話を詰めているところだから、あと数日待ってくれよ。近々飲みにでも――」

戸を開けた金造が黙り込んだ。

「荒浪、お前、そりゃいったい……」

お奈津が表に飛び出ると、そこに痩《や》せて干し柿のように萎《しお》れた荒浪が立っていた。

「荒浪さん、どうしたんですか？　身体の具合でも悪いんですか？」

荒浪はお奈津に気付くと、平気な顔で首を横に振る。

「日々だらしなく暮らしているだけさ。相撲部屋にいた頃は牛馬の量の飯を喰っていたからねえ。今はようやく人らしいまともな量を喰っているよ」

荒浪は己の姿が豹変《ひょうへん》したことを、よくわかっていないようだ。

「だからって、人ってそんなに急に痩せるもんでしょうか？」

引っ越しをしてから、まだ十日も経っていないのに。

お奈津が金造に目を向けると、金造は何かがあるに違いないという目で頷いた。

「それで、今日は金造親方にもうひとつ頼みがあってね」

「ああ、もちろん何でも言ってくれ」

金造がごくりと喉を鳴らした。

「宇之助って男を探して欲しいのさ」

「宇之助か。そいつはあんたとどんな縁だい？」

金造が己の頭の中を確かめるように、こめかみを人差し指で叩いた。

「俺の部屋で、前に住んでいた奴さ。おっかさんをさんざん泣かせた挙句に殴り殺した下衆野郎《げす》だよ」

金造がお奈津を見た。

「直吉さんが紹介した部屋です」

お奈津は荒浪の引っ越し先について、知っていることを説明した。

「ならその宇之助、って奴は親を殺して逃げているってことか？　そりゃ見つけ出すのはずいぶん難しいぜ。宇之助の行方は、お上《かみ》だってわからなかったってわけだろう？」

「そこを何とか頼むよ。宇之助を見つけ出せねえと……」

「あんた、じきに死ぬね。顔に死相がはっきり出ている」

七五郎が急に口を開いた。

「へっ？　死相だって？　俺は別に物騒なことに巻き込まれちゃいねえぜ。ただ、あの婆さんが毎晩枕元で泣くから、さすがに参っちまっているだけで……」

荒浪がぎょっとしたように己の痩せた頰を撫でた。

初めてこれまでとは手触りが違うことに気付いた顔をする。

「あの婆さん、ね……。よかったら私にその話を聞かせてくれるかい？」

七五郎が優し気な声を出した。

お奈津は、はっと気付いた。

七五郎は親切そうな素振りを見せているが、荒浪がこのまま死んだとしても少しも困らない。好奇に満ちたその目に、種拾いとしての己の痛いところを突かれたような気がした。

「荒浪さん、私にお任せくださいな。私、どうにかして宇之助さんを探し出してみせます」

お奈津は勢いよく割って入った。

「ほんとうかい？」

荒浪が目を丸くした。

「ええ、私は種拾いですから。だから宇之助さんを見つけ出すことができて、荒浪さんの部屋で起きた出来事が解決したら、ぜひともそれを読売《よみうり》に書かせてくださいね」

親殺しの事件の顚末は、お江戸の皆が関心を持つ読売の大きな種になる。幽霊話を集めるのを好む趣味の悪い金持ちになんて渡さない。

お奈津は七五郎に挑《いど》むような目を向けた。

眉間《みけん》に皺《しわ》を寄せた七五郎の背後で、金造がにんまりと笑った。

六

ついこの間会ったときとは別人のように小さくなってしまった荒浪と、通りを並んで歩く。

以前は荒浪の姿に目を丸くしていた町の人たちも、今の荒浪がかつて相撲取りだったとは少しも気付いていない様子だ。

「種拾い、ってのは肝《きも》っ玉《たま》の据《す》わった仕事だな。あんたみたいな娘っ子が、お上でも見つけられなかった人殺しを探し出してみせる、って啖呵《たんか》を切るんだからな。仰《ぎょう》天《てん》したよ」

荒浪は周囲が己を見る目が変わったことに気付いているのかいないのか、お奈津をすっかり見直した様子だ。

「えっと、荒浪さん。実は私には宇之助さんを見つけ出せる確信があるわけじゃないんです。というより、あては何もありません」

「へ？　何だって？」

荒浪が呆気に取られた顔をした。

「ですが、言葉だけでもああして強く言わなくては、見つかるものも見つかりません。言霊《ことだま》というものがありますからね。ああして強く言っておけば、きっと向こうから良い知らせが来てくれるはずです」

お奈津が胸を張ると、荒浪が、ぷっと笑った。

「いいな、あんたのその根性が気に入ったぜ」

ぽーんとお奈津の背を叩く。

「わわっ！」

急に痩せてしまったといっても、本物の元相撲取りの張り手だ。凄《すさ》まじい力に、お奈津は目を白黒させた。

「ではまずは、近所の人に宇之助さんの話を聞いてみますね」

「ああ、よろしく頼むよ。俺は一緒に行っちゃいけないかい？　仕事が決まるまでは暇で仕方なくてねえ」

「まずは私がひとりで行ってみようと思います。その部屋に住んでいる張本人の前では言いにくい話を聞けるかもしれませんし」

お奈津は慎重に言った。

「俺は何を聞いても平気だけれどなあ。まあ確かに住人の前で、脳味噌《のうみそ》があのへんにあんなふうに散らばってた、なんて話はしづらいかもしれねえな。ちぇっ、それじゃああんたが働いてくれている間、昼寝でもするかねえ」

荒浪が肩を竦めた。

「……あの、荒浪さん、もしよろしかったらお願いがあるのですが」

お奈津はさりげなさを装って訊いた。

「何だい？　暇つぶしになることなら歓迎さ」

「実は私、川越で、とある屋敷を探しているんです」

「へえ、川越っていったら俺の里だ。親兄弟から幼馴染《おさななじみ》から、いくらでも知っている奴がいるぞ。どんな屋敷だ？」

荒浪が身を乗り出した。里の名を聞いて急に目に力が宿る。

「喜多院の参道の裏手にある、戸が黒く塗られた屋敷です」

「戸が黒いだって？　この頃は、そういう趣味の悪い家が流行っているのか？」

荒浪が顔を顰《しか》めた。

「けど、そんな奇妙な家だったらきっとすぐに見つかるぜ。里の弟に文《ふみ》を書いて訊いてみるさ」

「ありがとうございます。とても助かります」

「いいってことよ。ついでに、あいつらに相撲取りを辞めた話もしなくちゃいけねえと思っていたから、いい機会さ。早速文を書くよ」

荒浪は上機嫌で部屋に戻っていった。

「よし、それじゃあ、まずは……」

ひとりになったお奈津は、荒浪の隣の部屋を窺った。

物音ひとつしない。

おやっ？　と覗き込もうとしたところで「その部屋に何の用だい？」と鋭い声に呼び止められた。

「なんだ、娘っ子かい。後ろ姿だけ見たら、空き部屋に潜《もぐ》り込んで忍者ごっこでもしようとしている悪戯《いたずら》坊主に見えたよ。あんたずいぶん痩せっぽちだねえ。もっとたくさん喰わないと、年頃になっても色気が出ないよ」

水桶《みずおけ》を手にした、四十くらいのお内儀《かみ》だ。

「この部屋、空き部屋なんですか？」

「そうだよ。ずっと前からね。でも、もうじきに新しい人が入るんじゃないかね」

「それはいったいどういう……？」

「ちょっとあんた、いったい何者なんだい？　人にものを訊くときは、名乗るのが先だろう？」

お内儀が両腕を前で組んだ。

「私は種拾いのお奈津と申します。あの部屋で起きた、婆さまが亡くなった出来事について調べています」

なるべく賢そうに見えるように早口で言った。

「へえ、種拾い！」

お内儀の目が輝いた。いかにもお喋り好きそうに口元が緩《ゆる》む。

お奈津は、やった、と胸の内で呟《つぶや》く。

「やっぱりあの婆さまは殺されていたんだよね？」

あべこべに訊かれた。

「え？　殺されたと聞きましたが、違うんですか？」

お奈津は耳を疑った。

「いいや、殺されているに違いないさ。ここいらのみんな、宇之助が母親を殺したって言っているよ。でも調べに入った同心《どうしん》がいきなり、これは殺しだとは言い切れない、なんてとんでもないことを言い出したもんでね。これじゃ婆さまが浮かばれないよ、って近所のみんなで言っていたのさ」

「そ、そうでしたか」

何が何やらわからない心持ちながら、一言一句漏らさぬように帳面に書き留めた。

「宇之助さんというのは、そんなひどい息子だったんですか？」

「宇之助はろくでなしだよ。働きもせずにぶらぶらしているだけならまだしも、己を産んでくれた母親に手を上げるんだからね。この部屋がずっと空き部屋なのは、あの部屋の大騒ぎに耐え切れなくなって住人が出ていっちまったせいさ」

お内儀が顔を顰めた。

「婆さまが亡くなったときのことを知っていますか？」

「ああ、婆さまを見つけたのはこの私さ。数日姿が見えないし、声を掛けても返事もない、ってんで部屋に行ってみたら、白い掻巻《かいまき》を掛けられて、身体中血まみれで畳に横たわっていたよ。何とも痛ましい形相《ぎょうそう》だったさ」

「それですぐに同心を呼んだと」

「そうだよ。けど、その同心がとんでもなかったのさ。宇之助は数日前から様子がおかしかったんだ。夜通し出掛けていたり、髪を剃《そ》ったり、着物をすべて新しくしたり。目が血走って、壁に向かって何やらぶつぶつ喋っているのさ。妙なことをしでかすつもりなんじゃないか、って用心のために枕元に木刀《ぼくとう》を用意して寝ていた住人もいたくらいさ。なのにあの上野《うえの》って同心は『殺しだとは言い切れない』だって？　冗談じゃないよ」

「それじゃあ、お上は宇之助さんの行方を探してはくれなかったんですね？」

「そのとおりさ。お江戸にはどこからどう見ても紛《まご》うことなき悪人、ってのがたくさんいるからねえ。そっちで手一杯なんだろうさ。宇之助は、親殺しの大罪から逃げおおせちまったってわけだ。嫌な話だろう？」

お奈津は帳面に綴《つづ》った己の字を見つめて、うーんと唸《うな》った。

「お話をありがとうございます。ところで今、あの部屋に住んでいる住人の荒浪さんのことを知っていますか？」

「ああ、あの相撲取り崩《くず》れだろう？　軽く挨拶をしたよ。わざわざ好んであんな部屋に住もうなんてどうかしているよ」

お内儀が意地悪そうに笑った。

「けど、呼ばれたのかもしれないねえ」

「呼ばれた？　亡くなった婆さまにですか？」

お奈津はお内儀の顔を覗き込んだ。

「そうさ、だってあの男、急に痩せちまって宇之助にそっくりになってきたんだよ」

お奈津が帳面に綴《つづ》る文字が、微かに震えた。

七

「直吉さん、こんにちは。今日はちょっと頭をまとめるのに付き合ってくださいな。鳥太郎も直吉さんに会いたいっていうので連れてきました」

家から出てきた直吉に肩に乗せた鳥太郎を見せると、鳥太郎はちゅん、と親し気に鳴いた。

「お前は鳥と喋れるのか。なら、お喋りは鳥太郎に付き合ってもらえ」

直吉がうんざりした顔をした。

「鳥太郎には、うんと付き合ってもらいましたとも。でも私たち二人ではどうしてもいい知恵が浮かばないので、直吉さんを訪ねてみることにしたんです。ねえ、鳥太郎？」

鳥太郎が高らかに鳴いて羽搏《はばた》いた。

直吉の肩に乗って楽し気に歌い出す。

「相変わらず、陽気で物怖《ものお》じしない鳥だな。お前にそっくりだ」

直吉が鳥太郎に人差し指を差し出すと、鳥太郎はその指で頬のあたりをぽりぽりと掻《か》いた。

「ええっ？ そうですか？ 直吉さんには、私のことがこの鳥太郎みたいに可愛く見えますか？」

青い羽に金色の嘴《くちばし》、おまけに瞳が艶々《つやつや》と輝く愛らしい鳥太郎に目を向けて、思わずにんまり笑う。

直吉が咳払《せきばら》いをした。

「それで、何に付き合えばいいんだ？」

「直吉さん、今日は優しいですね。いつもそんな感じでいてください」

「お前が言ったとおり、いい大人だからな。頼れと言ったのは俺のほうだ。己の言葉は守る」

直吉がため息をついた。

「荒浪さんの部屋から逃げ出した宇之助さんを探しているんです」

「母親を殺したという息子のことか」

「それが同心によれば、婆さまは殺されたわけじゃないかもしれないんです。でも、事件の数日前から、宇之助さんの得体《えたい》の知れない言動はご近所さんたちの目に留まっていました。それにもし婆さまが殺されたんじゃないとしたら、宇之助さんが身を隠す理由が思いつきません」

お奈津は帳面を捲《めく》りながら長屋で聞いてきた話を説明した。

「込み入った事件だな、その帳面を見せてみろ」

「だ、駄目です！　帳面は種拾いにとって己の命です！　ここには私の、そして金造親方の飯の種がぎっしり詰まっていますからね。そうそう人に見せるわけにはいきません」

慌てて身を引いた。

と、その拍子に帳面がぽーんと飛んで直吉の足元に落ちる。

「お前は、己の命をずいぶん雑に扱うんだな」

直吉が苦笑いをして帳面を手に取った。

直吉の動きが止まった。

開かれたところには《直吉さんのご両親を助け出す！》と太い字でしっかりと書かれている。矢印の先には、《荒浪さんの里の人に、川越の黒い戸の屋敷について尋ねてもらおう！》と、これもまた大きな字で書かれていた。

その横には《ご両親を見つけ出してあげたなら、きっと直吉さんはたくさん、たくさん笑ってくれるようになるはず！》との文言が――。

お奈津は思わず「ひっ」と声を上げて帳面を引《ひ》っ手繰《たく》った。

「こ、これはただの私の妄想です。直吉、って名前の人が出てくるただの物語です。こうだったらいいのになあ、なんてことを思うままに書いているだけの……」

「いったい何をやってるんだお前は」

直吉が呆《あき》れた顔で言った。

お奈津はしゅんと肩を落とした。

「荒浪さんが川越の出身と聞いて、幽霊屋敷を知る手がかりになるかと思ったんです」

「荒浪はずいぶん長い間、里には帰っていないんだろう？」

「そうですね。確か十年と言っていました。ですが里には家族も幼馴染もたくさんいるので、弟さんに文を書いて確かめてくれることになりました。ついでに、相撲取りを辞めたってことも伝えたいと」

「それだけ里に想いを残していて十年戻らなかったということは、そして相撲取りを辞めたことを親ではなくてわざわざ弟に伝えるってことは、荒浪は親とは、折り合いが悪いのかもしれない。なかなか乱暴な奴だったんだろうな」

「荒浪さんは見た目は怖いしとんでもなく力も強いですが、優しい人ですよ。兄貴肌というのでしょうか。私でさえ気軽にお喋りをしたくなってしまうような、心安さがあります」

お奈津は己の顎《あご》に指を当てた。

「昔は粋《いき》がっていた若者だったが、相撲部屋で苦労して人となりに厚みが増したんだろう」

「粋がっていた若者ですか？　相撲取りを目指す人、って、そんな感じなんでしょうか？　私は何せ女なもので、相撲のことはよくわかりません」

「元から闘いが好きな気質の者が多いに違いないだろうな。相撲取りになるまでは、ろくでもない暮らしをしていたやくざ者紛いもいるって話だ。そんな奴らが集まっているからこそ、相撲部屋では上と下の線引きが厳しく決まっているんだろう」

「なるほど。なんだかそれを聞くと、ずっと昔の荒浪さんは、宇之助さんとどこか似ていたのかもしれませんね」

お奈津は帳面に目を落とした。

「そうだとしたら、夜ごとに枕元で泣く老婆ってのは荒波にとってたまらない存在だろうな」

お奈津は直吉の言葉に頷きながら、帳面をぱらぱらと捲った。

「直吉さん、特別にこの帳面を見せてあげます。どこかおかしいところが思い付きませんか？」

直吉がお奈津の背後から覗き込む。微かに線香の香りがした。

「この同心がどうして婆さまが殺されたわけじゃないって言ったのか、それを調べなかったのか？」

「実は私たちは、同心には話を聞けないって決まりなんです。同心、岡っ引きというのは、種拾いのことをでっち上げの滅茶苦茶《めちゃくちゃ》な記事で世間を惑《まど》わすって目の敵《かたき》にしていますから。きっと私みたいな下っ端の種拾いでも、顔も名もすっかり知られてしまっているに違いありません」

お奈津はうーんと眉根を寄せた。

「そうか、ならこちらで考えるしかないな」

直吉も両腕を前で組んで難しい顔をする。

「……婆さまが見つかったとき、掻巻を掛けられていたのか」

直吉が帳面を指さした。

「はい、白い掻巻を掛けられて、身体中血まみれで……。あれっ、確かに何か変ですね？」

「もしも大怪我をしたら、掻巻を被って横になるより先に、まずは手拭いか何かで血を止めようと思うだろう。立っていられないほど具合が悪かったら、それこそ衝《つい》立《たて》の向こうから掻巻を取り出して身体に掛ける余裕があるとはとても思えないな」

「寝ているところを襲《おそ》われた、ということではないでしょうか？」

「身体中が血まみれになるほどの怪我だ。もし寝込みを襲われたとしても掻巻だって〝白い掻巻〟なんてわからないくらい血だらけのはずだろう」

「じゃあ、誰かが亡くなった婆さまに掻巻を掛けた、ってことですか？」

お奈津はごくりと喉を鳴らした。

「その誰か、ってのは……」

「宇之助さんしかいませんよね？　ある日、家に戻った宇之助さんは、婆さまが怪我をして亡くなっているのを知ったんです。それで、新しい掻巻を掛けてあげて……」

「その後が不可解だな。どうして宇之助は行方をくらましたんだろう？　ほんとうは何があったかは、どこまでも藪《やぶ》の中だ」

直吉が首を横に振った。

「待ってください。もしも宇之助さんが殺したんじゃないとしたら、婆さまは不意の怪我で亡くなったのですよね。ならばとっくに成仏《じょうぶつ》しているはずです。きっと婆さまには、何か大きな心残りがあるんです」

「その心残りを、荒浪ならばわかってくれると思ったのか……」

お奈津は、はっと息を吞んだ。

「直吉さん、ありがとうございます！　今から私、荒浪さんのところに行ってきます！」

お奈津は飛び上がって駆け出した。

「待て、鳥太郎を置いていくな」

「鳥太郎、ごめんね。ちょっと急ぎの用ができたの。あんたは直吉さんのところにいて遊んでもらってちょうだいな。後で迎えに行くわ」

「遊んでもらえ、だって……？」

直吉が引きつった顔をすると、その肩で鳥太郎が「行ってらっしゃい」というように明るい声で鳴いた。

八

荒浪の部屋に駆け込んだお奈津は、驚く荒浪を尻目に部屋のあちこちを覗き込んだ。

「どんな小さなものでもいいんです。この部屋に何か手がかりになるようなものはありませんでしたか？」

「手がかり、って何の手がかりだい？」

「宇之助さんが己のおっかさんを殺したんじゃない、とわかる何かです。きっとそれが見当たらなかったせいで、近所の人は宇之助さんが人殺しだと誤解してしまったんです」

「宇之助がお袋さんを殺したんじゃない、ってのは、ほんとうか？　だったらあの婆さんの幽霊は、どうしてあんなに悲痛な顔をしているんだ？」

荒浪の顔色が変わった。

「それは、宇之助さんを見つけ出さないとわからないんです。婆さまの幽霊は、何と言っていましたか？」

お奈津は部屋の隅の隅にまで目を凝らしながら訊いた。

「どうかまっとうに働いておくれ、とか。人さまに迷惑を掛けずに生きてくれ、とか。あとは餓鬼の頃の思い出話とかそのくらいだな」

荒浪が居心悪そうに言った。

と、目を剝く。

「お、おいっ。そんなことをしたら着物が……いや、頰っぺたまで汚れちまうぞ」

お奈津が土間に這《は》いつくばると、荒浪が仰天した声を上げた。

「着物も頰っぺたも、いくらでも洗えるので平気です。あっ！」

框の奥に白い布が落ちているのに気付いた。

「俺のもんじゃねえぞ」

お奈津はその布を手に取って広げてみた。

「ひいっ！」

荒浪が腰を抜かした。

白い布にはうっすらと茶色く人の顔が写っていた。

「な、何だそりゃ⁉」

悲鳴を上げてから、すぐに恥ずかしそうに体勢を立て直す。

「これはきっと、婆さまの顔に被されていた布です。顔に血がついていたせいで、こうして顔が写ってしまったんでしょう」

「へえ……」

荒浪は心底気が引けた顔をした。

「荒浪さん、お願いします」

お奈津は荒浪に白い布を手渡した。

「お、俺が？　何をすりゃいいんだ？」

白い布を気味悪そうに人差し指で摘《つま》む。

「この布を同心のところへ届けて欲しいんです。人が死んだ部屋で、その死に関わる何かが新たに見つかれば、誰でも同心のところへ出向く理由になるでしょう。私のような種拾いがいきなり押しかけて話を聞かせてくれ、と言うのとはわけが違います」

婆さまの死体を検分《けんぶん》したのは、上野真造《しんぞう》という定町廻《じょうまちまわ》り同心だった。

荒浪と二人、八丁堀《はっちょうぼり》の同心屋敷に辿り着くと、上野は一日でお奈津に気付いて眉間に皺を寄せた。

「悪いが遠慮《えんりよ》願おうか。種拾いとは、一言たりとも話してはいけない決まりなんだ。ほんの言葉尻を捉えられて何を書かれるかわかったもんじゃない」

「旦那さん、違います。私は、荒浪さんの引っ越しの手伝いをしたご縁でここへ来たんです」

踵《きびす》を返しかけていた上野が振り返った。

「荒浪だって？　まさかあんたが相撲取りの荒浪右エ門なのかい？　あんたの取り組みにはずいぶん楽しませてもらったんだよ」

上野は荒浪をまじまじと見つめた。

「ああそうさ。ずいぶん萎れちまったけれどな」

「今は何をしているんだい？」

「ここんところは暇を持て余しているけれどな、近々用心棒の仕事を始めるつもりさ」

「用心棒だって？」

上野は眉根を顰《ひそ》めた。

「用心棒が、土俵を降りた相撲取りに人気の仕事だってのは私もよく知っているさ。けれどね、用心棒ってのは銭《ぜに》が儲《もう》かる分だけ危ない仕事だよ。雇う方は、用心棒のことを己を敵から守ってくれる戸板か何かだと思っていやがるからねえ。できることなら里に帰って何か実直な仕事でも……」

言いかけてから上野は「今のは忘れておくれ。お節介は私の悪い癖《くせ》だ」と苦笑いを浮かべた。

「それで、私に何の用だい？」

「荒浪さんは、今、宇之助さんが住んでいた部屋で暮らしているんです。婆さまが亡くなった出来事があった、あの宇之助さんです」

お奈津から宇之助の名を聞いた上野の顔が、強張った。

「それで、先ほど部屋の掃除をしていたら、框の奥からこんなものが出てきました。これは亡くなった婆さまの顔を覆っていた布じゃないでしょうか？　婆さまの死体を検分したという旦那さんに、このことを一刻も早く知らせなくてはと思って飛んできました」

上野は婆さまの顔が写った白い布に目を向けた。

「そうか、宇之助は婆さまの顔にそんなものを被せていったのか。大方、風の強い日で、隙間風《すきまかぜ》で框の奥に落ちてしまったんだろう。私が仏さんを大事に弔おうとしていたことに気付いていりゃ、あいつの汚名も晴らせただろうに……」

上野が渋い顔で頷いた。

「婆さまが殺されたとは言い切れない。旦那さんは近所の人の前でそう言ったそうですね」

「ああ、そうだ。私は、宇之助が婆さまを殺す理由はどこにもないのを知っていたからな」

「どうかその理由を教えてください。宇之助さんの行方を探しているんです。今、荒浪さんのところには毎晩亡くなった婆さまの幽霊が現れて、『まっとうに働いておくれ』と泣いているんです」

「幽霊だって？　馬鹿馬鹿しい話だな」

苦笑いを浮かべかけた上野が荒浪の痩せた姿に改めて目を留めて、ふと思案する顔になった。

しばらく逡巡《しゅんじゅん》してから重い口を開く。

「宇之助は昔から、どうしようもないろくでなしだった。私や、手下の岡っ引きが揉《も》め事に引っ張り出されたことは一度や二度じゃ済まないさ」

上野が諦めたように息を吐いた。

「けど、婆さまが亡くなるほんの少し前、そんな宇之助に手を差し伸べる男が現れたんだ。己も若い頃は親を泣かせ続けていた、ってどうしようもねえ乱暴者だった長一郎《ちょういちろう》って男なんだが。今じゃなかなか男気があって下に慕われる、船橋《ふなばし》の行徳《ぎょうとく》河岸《がし》の荷卸し人夫《にんぷ》のまとめ役さ」

「船橋の行徳河岸……！」

お奈津は呟いた。

「婆さまが亡くなったその日に、宇之助が私のところに挨拶に来たんだよ。これを機に長一郎の世話になってまっとうに働いて、親孝行をしますってな。私はあのときの宇之助の言葉を、引き締まった顔つきを信じているんだ。あんな目をした奴が、その夜に親を手に掛けるなんて、決してそんなはずはないさ」

「それじゃあ、旦那さんはあの夜に何があったと思っていますか？」

「おそらく宇之助が家に戻ったとき、婆さまは転んで頭に怪我をしてこと切れていた。けど宇之助は、どうしても今このときに長一郎との約束を違《たが》えるわけにはいかねえと、婆さまに掻巻を掛けて顔に布を被せ、船橋へ旅立ったんだ」

「船橋へ向かう人夫ってのは、まとめて船に乗せられて行徳河岸へ向かうんだろう？　それに乗り遅れたら、仕事の話はそれきりなかったことになっちまうもんな」

荒浪が頷いた。

「宇之助はきっと、今も船橋の長一郎のところにいるさ。行徳河岸で人夫としてまっとうに働いているはずだ。私はそう信じているよ」

上野がゆっくり頷いた。

九

線香の匂いが長屋の路地に広がっていた。

「宇之助さんがいらっしゃいました」

部屋の戸口でお奈津が声を掛けると、月海《げっかい》と直吉、そして荒浪が一斉《いっせい》に振り返った。

「お待ちしていました。さあさあ、どうぞこちらへ。いちばん前の、荒浪さんのお隣のこちらの席がよろしいでしょうかね」

月海が宇之助をにこやかに招き入れた。

宇之助と荒浪が目を合わせた。

「あんたが荒浪かい？　おっかさんが迷惑を掛けたね」

宇之助が頭を下げた。朽葉色《くちばいろ》に日焼けして筋の漲《みなぎ》る大きな身体だ。

荒浪はその姿に何かを認めたように頷いた。

「話は聞いたぜ。ちっとも迷惑なんかじゃねえさ。幽霊を視る機会なんてそうそうねえから、面白かったよ」

「さすが相撲取りだな。俺なんかとは心根の太さが違うな」

宇之助が眉を下げて笑った。

「それでは、今からご供養《くよう》させていただきましょう。お亡くなりになった方が現れたら、どうぞお声を掛けてあげてください」

月海の言葉に、宇之助は神妙《しんみょう》に頷いた。

お経が読み上げられる。線香の煙が立ち上る。

「……おっかさん」

宇之助が涙混じりの上ずった声で呟いた。

線香の煙の中に、老婆の姿が浮かび上がった。

「……おっかさん、ああ、おっかさんだ」

宇之助はむせび泣く。

「おっかさん、ごめんよ。船橋でもおっかさんを置き去りにしたことがずっと気になっていたんだ。けど、生まれて初めてのまっとうな仕事にどうにかこうにか喰いついていかなくちゃいけねえ、ってただそのことだけに必死で。誰にもおっかさんのことを打ち明けることもできず、休みをくれなんて言い出すことさえできねえでここまで来ちまったんだよ」

上野からの事情を知らせる文を見た人夫親分の長一郎は、仰天して「馬鹿野郎！すぐにお袋さんを弔ってやれ！」と叫び、幾許《いくばく》かの香典《こうでん》まで包んでくれたという。

「おっかさん、俺、戻ってきたよ」

しかし老婆は宇之助には見向きもせずに、荒浪のことだけをじっと見つめる。宇之助の姿があまりにも変わったせいで、息子だとわからないのだ。

「えっと、婆さん、こっちじゃねえぜ。あんたの息子はあっちだ」

荒浪が居心悪そうに頭を搔いた。

「俺だよ、宇之助だよ」

老婆が宇之助に怪訝そうな目を向けた。首を横に振る。

「よっぽど宇之助さんは変わった、ってことなのでしょうか……」

老婆の胸の内に残った宇之助は、頼りない身体をして先行きへの不安に囚《とら》われた、目の前の宇之助とは似ても似つかない男なのかもしれない。

直吉が「俺に訊くな。俺には視えない」と言い返す。

「婆さん、これは間違いなくあんたの息子だよ。宇之助は、あんたが死んだ日に、大事な仕事の約束を違えちゃいけねえってんで船橋に旅立ったんだよ」

荒浪が宇之助の背を叩いた。

「おっかさん、俺だよ。宇之助だよ。俺は仕事が決まったんだ。長一郎って頼れる兄貴分に出会って、今までの暮らしを変えてこの人みたいになりてえ、って思えたんだ。今は船橋で懸命《けんめい》に荷卸しの仕事をしているよ。『いつかおっかさんに楽をさせてやるよ』って約束が守れなかったのが悔しくてならねえけど、でも、もう決しておっかさんを悲しませたりなんかしないよ。生きているうちに伝えられなくてごめんよ」

――いつかおっかさんに楽をさせてやるよ。

老婆が宇之助に目を向けた。

じっと見つめるその目に、ふいに光が宿る。はらはらと涙がこぼれた。

「あっ」

荒浪が驚いた声を上げて己の掌を見つめた。

痩せ細っていた荒浪の身体に筋が戻る。肉が戻る。みるみるうちに荒浪は元の相撲取りの小山のような身体になっていった。

老婆が涙を拭いながら幸せそうに頷いた。

煙とともにその姿が消えていく。

「安心して成仏されましたね」

月海がにっこり笑った。

「荒浪、あ、あんた、とんでもねえ身体だな」

ふと隣の荒波を見上げた宇之助が、仰天した顔をした。

「ああ、ようやく元に戻してもらえたみてえだ」

荒浪が笑うと小山のような身体が左右にゆさゆさと揺れる。

「ほんとうはあんたのお袋さんに、一言、礼を言いたかったんだけれどな。息子が元気にやっている様子に納得したら、あっという間に成仏しちまった」

荒浪が苦笑した。

「おっかさんに礼だって？　いったい何のことだい？」

「俺の胸にずっと引っ掛かっていた、たまらねえもんを思い出させてくれた礼さ」

荒浪が己の胸を叩いた。

「俺も昔は、あんたと同じろくでなしだったさ。どうしようもねえ不良の餓鬼で、里にいられなくなって逃げるようにお江戸に出てきたんだ」

「つまりあんたも、おっかさんを泣かせていたってわけか」

宇之助が涙ぐんだ目で苦笑いを浮かべた。

「そうさ、毎晩俺の枕元で泣くあんたのお袋さんを見ていたら、どうにも他人事《ひとごと》とは思えなくなってきてな。里の弟に様子を訊いてみたら、お袋はずいぶん弱って寝たり起きたりの暮らしらしい。俺はこの機に里に帰ると決めたよ。これから十年分の親孝行をさせてもらうさ」

「そうか。あんたのその身体で里に戻ったら、きっとお袋さんは大喜びするぜ」

宇之助が寂しそうに頷いた。

「荒浪さん、川越に戻ることにしたんですね」

お奈津が言うと、荒浪は申し訳なさそうに頷いた。

「金造親方に頼んでいた仕事のことは、後できちんと詫《わ》びを入れるよ」

「用心棒のお仕事ですよね？　まだ正式に決まっていないお話なので、気にされなくていいと思いますよ」

お奈津は首を横に振った。

金造が本気で動いたなら、用心棒の仕事のひとつくらいあっという間に話が決まったはずだ。それが少し間が空いてしまったのは、荒浪にゆっくり先のことを考えて欲しかったということに違いない。

「悪いね。そういえば、あんたが探していたっていう喜多院参道の裏手の屋敷の話だけれど、弟にそこへ行ってもらったのさ」

お奈津は、はっと身構えた。

傍らの直吉が息を止めたのがわかった。

「けどな、そんな屋敷はどこにもない、っていうんだ。あのあたりの人たちにも散々訊いてもらったんだけれどね。皆揃《そろ》って、そんな屋敷は今まで見たことも聞いたこともないって答えたそうだよ。ほんとうに場所は川越で合っているかい？」

お奈津は大きく息を吸って、吐いた。

「そうでしたか。わざわざすみませんでした。もしかしたら私の勘違いだったのかもしれません」

――川越の屋敷は、喜多院の参道の裏手にある立派なお屋敷だ。

七五郎の言葉は、一言一句忘れてはいない。

「あのあたり一帯を請け負う家守にも確かめてもらえたら、はっきりしたんだけれどな。その家守がいなくなっちまったってんだから、どうにも動けやしねえ」

背筋がぞくりと震えた。

「どういうことですか？」

「ちょうど一年くらい前に、家守の男が忽然《こつぜん》と姿を消しちまったらしいのさ。借金取りに追われていたって話も、女絡みのごたごたも見当たらねえ、ってんで、きっと酔っ払って足を滑らせて新河岸川《しんがしがわ》に落ちたんだろうって言われているらしいけれどな。仏さんは見つかっていねえんだと」

お奈津は泣き出しそうな心持ちで傍《かたわ》らの直吉を見上げた。

直吉はまっすぐに前を向いたまま、

「どこにでもある話です」

と言った。

第四章 隠し事

一

今にも冬から春に変わろうかという、生暖かい風の吹く時季だ。

お奈津《なつ》は床で小枝をついばんで遊ぶ鳥太郎《とりたろう》に優しい目を向けつつ、月明かりの下で帳面を捲《めく》った。

「川越《かわごえ》の屋敷のことを誰も知らないなんて。七五郎《しちごろう》さんがわざわざそんな嘘をつくはずがないし……」

それに家守《やもり》の行方がわからないという。

何から何まで、直吉《なおきち》の両親が消えたときと似ていた。考えれば考えるほど不穏《ふおん》なものが胸の内に広がる。

ふいに聞こえた、くくく、という含み笑いに、驚いて飛び上がった。

土間に七五郎が立っていた。

「七五郎さんですか？　ど、どうしてここを知っているんですか？」

いったい、いつの間に部屋に入ってきたのだ。背筋が冷たくなった。

「こ、今度からは入る前には必ず声を掛けてください」

「背後で私がじっと見ているのにちっとも気付いていないお前が面白くて、悪ふざけをしてしまった。済まなかったね」

また含み笑いだ。

「荒浪《あらなみ》の件では一本取られたな。お前が読売《よみうり》であの出来事の顚末《てんまつ》をお江戸じゅうに広めたおかげで母親殺しの疑いが晴れて、宇之助《うのすけ》もずいぶん生きやすくなっただろう」

「そうだといいのですが」

お奈津は警戒を崩《くず》さずに応じた。

だが胸の内は僅《わず》かに綻《ほころ》ぶ。

あれから、道で偶然、同心《どうしん》の上野《うえの》とすれ違った。

普段ならこちらに近づくなと威嚇《いかく》するように睨《にら》み付けてくるはずの上野が、お奈津の姿を認めたそのとき、微《かす》かに表情を和らげて目で頷いてくれたのだ。

「川越の屋敷について何かわかったか？」

お奈津は七五郎に向き合った。

「はい、川越の屋敷はどこにもありませんでした。近所の人に訊《き》いても、そんな屋敷は誰も見たことがないそうです」

「おまけに家守が行方知れずだ」

「知っていたんですか?」

お奈津が驚いて訊くと、七五郎は鼻で笑った。

「もちろんだ、私もその場にいた」

「家守がいなくなってしまったときにその場にいた、ということですか? そんな、どうしてそのときに助けを呼ばなかったんですか?」

「私が行ったのはあの屋敷の前までだ。案内の男に連れられて一目見たそのときに、これはいけないと予感がして入るのを止めた。一緒にいた家守がいなくなったと知ったのは後のことだ」

「ちょっと待ってください、今、案内の男、と言いましたね? その屋敷には案内の男がいたんですか?」

七五郎がにやりと笑った。

「そうだ。〝笑い顔の男〟だ。何がそんなに嬉しいのか、はたまた考えを漏らさないようにしているのか。ずっと笑い顔を貼り付けている男だ」

「笑い顔の男……」

「話はここまでだ。では、取引の約束は忘れていないな?」

七五郎がお奈津をじっと見つめた。

「幽霊話ですね？　ええ、お約束です。いったいどんな話をお望みでしょうか。七五郎さんの好みのお話を、種拾いのつてを辿《たど》って探してきますよ」

幽霊屋敷に人を案内する笑い顔の男。それを知れただけでも大きな収穫だった。

七五郎が首を横に振った。

「先日、居酒屋でたいそう仲睦《なかむつ》まじい夫婦と隣り合わせになった。年の頃は五十になるかならないかの二人だ。お互いを労《いたわ》り合って認め合い、何より惚《ほ》れ合っている。あの夫婦の周りには何とも良い気配が漂《ただよ》っていた」

七五郎の口から発せられた長閑《のどか》な言葉に、お奈津は怪訝《けげん》な気持ちで眉を顰《ひそ》めた。

「その夫婦によれば、四つ角の先にある桜の木の下の家を借りたくて出向いてきたという。お互いが出会ったのがちょうどその桜の木の前だそうだ。空き家になっていると知って、ぜひとも桜の咲く時季までに引っ越したいと、特に女房のほうが盛り上がっていた。亭主は女房に惚れ込んでいるんだろうな、こいつはそうそう我《わ》が儘《まま》を言わない奴なんで叶えてやりたいんですよ、なんて惚気《のろけ》ていた」

「……それは素敵な話ですね」

仲睦まじい中年の夫婦の姿が胸に浮かぶ。

そんな素敵な話をしているのがほかでもない七五郎だというのが、気味が悪いが。

「だがせっかく出向いたのに、家主に断られたらしい」

「どうしてですか？」

「あの桜木の家は、つい最近人が死んだ。だからあそこの家をどうするかは、家主の一存じゃ決めることができないということだ」

「……桜木の家の家守は、直吉さんに預けたんですね」

ようやく話が見えてきた。

「あの夫婦は、二人の思い出の場所だからと、どうしても桜木の家にこだわっていた。女房のほうはもう何が何でもあそこに住みたくてたまらない。人が死んだ家と聞いても、それがどうした、と何とも気丈夫《きじょうぶ》な様子だ」

「ご亭主のほうはどんな様子でしたか？」

「亭主はいい顔をしていなかった。けれど結局、女房の言いなりだ。『確かに天真《てんしん》爛漫《らんまん》なお前がいてくれれば、幽霊なんて出るはずがねえな』なんてね」

七五郎が茶化すように口真似《くちまね》をした。

「そのとおりだと思いますよ。直吉さんの紹介する部屋は、寂光寺《じゃくこうじ》の月海《げっかい》住職が必ず一度はご供養《くよう》をしていますからね。仲良しのご夫婦が明るく楽しく過ごしていれば、妙なことなんて起きるはずがありません」

「いや、あの夫婦にはきっと何かが起きる」

七五郎が声を潜《ひそ》めた。

「仲睦まじいご夫婦、なんですよね？」

お奈津は訊いた。

「ああ、そうだ。あんなに仲が良い夫婦は見たことがない」

「それじゃあどうして……」

「私にはわかるんだ。あの夫婦はきっと面白いことになる」

にやりと笑って、己《おのれ》の目元を指さした。七五郎の目が血走っていた。

「そんな、幸せいっぱいの人が不幸になるのを楽しみに待つなんてこと、できません」

お奈津は首を横に振った。

「もっと不幸になる前に、うまい落としどころを見つけてやることができるかもしれない」

不幸になることはもう決まっているような言い草だ。

「あの夫婦は明日、直吉のところへ行くらしい」

「そうですか。私には関係ありません」

お奈津は目を逸《そ》らした。

「直吉に〝笑い顔の男〟のことを確かめてみなくていいのかい？」

七五郎は口を押さえて、くくっと笑った。

二

直吉はお奈津の話を最後まで黙って聞いていた。

「川越の家守のところへやってきた、その〝笑い顔の男〟に心当たりはありますか？」

直吉がゆっくり目を閉じた。

「覚えているさ。場違いににやにや笑いながら、曰《いわ》く付きの屋敷を見て欲しいと言ってやってきたんだ。人に貸せるものなのかどうか自分には見当がつかないから、一緒に確かめてくれ、って言っていたな」

「その屋敷は、戸が黒く塗られていましたか？」

直吉は眉間《みけん》に皺《しわ》を寄せて、目を閉じたまま黙っている。

その唇が微かに震えた。

「ああ、そのとおりだ」

「直吉さん、川越の屋敷は、直吉さんのご両親が家守を依頼されたものと同じようなものに違いありませんよ！　きっとその屋敷は、川越の家守のことも呑み込んで……」

急に身体が冷えた気がした。

呑み込む、なんてまるで蛇《へび》が獲物《えもの》を丸呑みするかのような不吉な言い回しだ。

「ご、ごめんなさい。言葉を間違えました」

ちらりと直吉を見上げると、目を閉じたその横顔は、お奈津の言葉なぞ何も聞こえていないかのように静まり返っていた。

「失礼しますよ。家守の直吉さんってのはこちらですか？」

呑気《のんき》な声にはっと顔を上げた。

年の頃五十くらいの夫婦が、身を寄せ合うようにして立っていた。

これが七五郎の言っていた仲良しの夫婦に違いない。

「居酒屋で会った七五郎さんに、ここのことを聞いたんですよ。きっと桜木の家を預かっているのは直吉さんのところに違いない、ってね。どうか桜木の家を私たちに貸してくださいな」

女房のほうが先に口を開いた。

色白でふくよかな身体《からだ》に垂れ目が優しそうな、いかにもおっとりした雰囲気の女だ。

おっとりしているとはいっても、いくつか年上の亭主を差し置いて、てきぱきと喋《しゃべ》っているのだから、案外しっかり者なのだろう。

「おい、お銀《ぎん》、頼み事より名乗るのが先だろう。うちの女房はせっかちなもんで済まないね」

男は左官《さかん》職人の正次郎《しようじろう》と名乗った。

髪に白いものが混じりかけてはいたが、真面目そうで端正《たんせい》な顔立ちの人の好さそうな男だ。

「おっと、あんたの言うとおりだね。気が急いてしまったもんですみませんね。私は銀と申します。この人と所帯《しよたい》を持ったばかりで、夫婦水入らず、しっぽりと過ごせる静かな家を探しているんですよ」

お銀が流し目を使うと、正次郎がぽっと頬《ほお》を染めた。

「お二人は所帯を持ったばかりなんですか。それはおめでとうございます」

「ありがとうございます。この人も私も、所帯を持つのは二度目なんですよ。お互いこの齢《とし》でこれほど好きになれる人に出会えるなんて、思っちゃいませんでしたよ」

「お、おい。みっともねえぞ。やめろ」

正次郎が慌てて止める。

「まあ、ごちそうさまです」

お奈津はにっこり笑った。

――いや、あの夫婦にはきっと何かが起きる。

七五郎の声が胸の奥で暗く響いた。

そんなはずないわ。だってこのご夫婦、こんなに惚れ合っているもの。

お奈津は改めてお銀と正次郎を見つめた。

「みっともなくなんてないよ。人前で夫婦喧嘩《げんか》を始める奴らに比べたらずっとましだろう？」

「そりゃ確かにそうかもしれねえけどな。いい齢をしてみっともねえなんて陰で笑われるのは嫌なんだよ」

「言わせておけばいいさ。私たちは誰にも迷惑なんて掛けちゃいないんだからね」

夫婦の周囲には、まるで桃色の靄《もや》がかかっているように見える。

ほんとうに惚れ合う二人というのはこんなふうに見えるのだと、お奈津はぼんやりと見惚《みと》れた。

「桜木の家ですね。あの家には事情がありますが、よろしいのでしょうか？」

「私たちは、そんなの怖くないよ」

正次郎の手を取ったお銀が、まるで子供のようにむきになった顔で言い放った。

「あの家で何が起きたかは、知らなくても良いのですか？」

「人が死んだんだろう？　それだけのことさ。そんなことより、私たち夫婦にとってあそこは忘れられない思い出の場所なんだよ。ねえ、あんた？」

「どんな思い出があるんですか？」

お奈津は夫婦を交互に見ながら訊いた。

「あの桜の木の前で、俺とお銀は出会ったんだ」

正次郎がはにかんで言った。

「それは素敵ですね。どんなきっかけがあったんですか？」

「いや、何もねえさ。ただ、前からお銀が歩いてきたときに……」

「前からこの人が歩いてきたときに……」

お銀が声を重ねた。

「お互い、これは間違いなくご縁がある相手だってわかったのさ」

正次郎がお銀の肩を抱いた。

「まあ、そんな出会いってほんとうにあるんですね」

お奈津は目を丸くした。

まるで芝居の恋物語だ。

聞いているだけで、こちらが頬が熱くなりそうだ。

「あの桜の木が私とこの人を出会わせてくれたんですよ。あそこは私たちにとって大事なところなんです。たとえ何が起きた家でも、私はこの人と一緒ならば大丈夫です。昔のことなんてすべて塗り替えて、きっと幸せな家に変えてみせます」

お銀がうっとりと正次郎を見上げた。

「ああ、こいつがいてくれれば平気さ」

正次郎も胸を張る。

「わかりました。桜木の家をお二人にお貸しします」

直吉は表情のない顔で頷いた。

三

夕暮れどき、金造《きんぞう》に命じられていた色男の火消し市助《いちすけ》の噂を調べるいくつかの種拾いをようやく終えて、お奈津は部屋に戻った。

「鳥太郎《とりたろう》。お土産《みやげ》に干し柿を買ってきたわよ。小さく切って水に浸《つ》ければ、きっと身体の小さなお前でも美味しく食べられるわ。すぐに作ってあげるから、ちょっと待っていてね」

お奈津は早速、菜切り包丁で干し柿を細かく切って、水を注いだ小皿に入れる。

「さあ、どうぞ」

鳥太郎は小皿の水をついばむように飲む。美味しい、というように、ちゅん、と鳴く。

「柿の味がする甘いお水になっているのかしら？　その食べ方も美味しそうね」

己の分の硬い干し柿をのんびり嚙みながら、鳥太郎に微笑みかけた。

「今日は、すごく仲良しのご夫婦に会ったのよ。お銀さんと正次郎さんていって、五十くらいのお二人。お互いすっかり惚れ合っていて驚いたわ」

五十ともなれば、お奈津にとっては両親よりも婆さまに近い齢だ。

そう思うと、己の両親や婆さまがあんなふうにでれでれとしていたら、妙な気分になるかもしれない。

だが、お銀と正次郎の間には不思議と嫌らしい艶《つや》めいた雰囲気は感じなかった。どちらかがのぼせ上がって、どちらかが騙《だま》そうとしているような二人ならば、あんな桃色の靄が漂うことなんて決してないだろう。

「あんなふうに誰かと仲良くなれるんだったら、所帯を持つっていうのも悪くないのかもしれないわ……」

鳥太郎が、ぎょぎょっ、と変な声を上げてこちらを見た。

「えっ、私、そんなに驚かせるようなことを言ったかしら？　別に本気じゃないわよ。ほらだって、私にはあの二人みたいに惚れ合う相手なんてどこにもいないし」

慌てて大きく首を横に振った。

直吉の顔がふと浮かぶ。

なぜか顔がかっと熱くなった。

慌てて月海と良海《りょうかい》、それに金造の顔を次々に思い浮かべたら、どうにかこうにか顔の火照《ほて》りは引いていった。

「変なことを言っちゃったわね。きっと私、荒浪さんのことがあってから里のみんなのことが恋しいのかもしれないわ」

お江戸の部屋を引き払い、里の川越に帰るという荒浪を見送ったあのとき、お奈津の胸は不思議に震えた。

私は決して里には帰らない。

このお江戸で一人前の種拾いになってみせるんだ。

そんなふうに強く胸に誓う反面、まるで人が変わったように安らかな顔をした荒浪がたまらなく羨《うらや》ましくもあった。

「荒浪さんのおっかさんは、今は身体を壊して、寝たり起きたりの暮らしだって言っていたでしょう？　なんだかあれを聞いて私、おとっつぁんのことを思い出しちゃったの。おとっつぁんも私がお江戸に出ていくときにそんな様子だったなあって。だからこれから存分に親孝行をすることができる、荒浪さんのことが羨ましかったんだわ」

鳥太郎は不思議そうに首を傾《かし》げる。

「そうだ、私もみんなに文《ふみ》を書こうかしら」

お奈津はぽんと掌を打った。

文を送るには、お江戸に出てきたばかりの娘にとって少なくない額の銭《ぜに》が要《い》る。

里の皆とは、しばらくは「便りがないが、それが良い便り」だと思うことにしようと、お互い取り決めていた。

「種拾いの仕事のことは、かえって気を揉ませちゃうからあんまり詳しく書けないけれど。でも、今、私が達者で暮らしているってことを伝えたいなあ。それと、里のみんなも変わらず壮健《そうけん》でいるか、って。もうそろそろお江戸に出てきて三年目になるんだから、それくらいはしてもいいはずよね？」

そうだ、そうしよう。

急に力が湧《わ》いてきた気分で、帳面を一枚破って下書きの筆を走らせた。

「奈津はお江戸でたいへんなこともありますが、とても楽しく暮らしています。おとっつぁんの具合は、その後いかがですか。おっかさん、駒太郎《こまたろう》、それに婆さまも、みんな達者でいらっしゃいますか。よし、このくらいすっきり短い文のほうが、すぐに返事を貰《もら》えるはずね」

みんな達者でいるよ、とほんの短い返事を貰うだけでいい。里の家族の気配を少しでも早く感じたかった。

「あら？　鳥太郎、どうしたの？　えっ？　嘘！」

鳥太郎が下書きの紙を咥《くわ》えた。

あっという間に障子の隙間から飛び立ってしまった。

「ちょ、ちょっとやめて。返してちょうだいな」

慌てて障子を開けたが、鳥太郎の姿はもうどこにもない。

お奈津がやめてと言っているのに、振り返りもせずにいなくなってしまうなんて、普段の鳥太郎からは考えられないことだ。

「いったい何を怒っているの？」

お奈津は呆然《ぼうぜん》として、鳥太郎がいなくなってしまった暗い空を見上げた。

四

今日はいまいち調子が出ない日だった。

種拾いの相手をこっそり追い掛けていたつもりが、いつの間にか別の人にくっついて歩いていた。

せっかく話を聞けそうな相手と出会ったのに、まさかの帳面を忘れてきてしまった。聞いたことをとにかく覚えようとするのに精一杯で、肝心の話を訊く手練手管《てれんてくだ》のほうはすっかり上の空。相手は途中から明らかに白《しら》けた様子で、きっと大事なことの半分も聞き出せなかった。

おまけに帰り道でぼんやりして歩いていたら、店の前で水撒《みずま》きをしていたところに出くわして足元に水をかぶってしまった。

お奈津は帰り道を歩きながら、口をへの字に曲げて大きなため息をついた。

きっと昨夜鳥太郎が、せっかく書いた手紙の下書きを咥えて飛び去ってしまったせいだ。

「まったく、どうして鳥太郎は急にあんなことをしたのかしら」

いつも優しく可愛らしく、お奈津のことを見守ってくれる鳥太郎らしくもない。

ふと、このまま鳥太郎が部屋に戻ってきてくれなかったらどうしよう、と不安が胸を過《よぎ》った。

涙が出そうなくらいに寂しさを覚える。

「私が所帯を持つのも悪くないわ、なんて浮ついたことを言ったせい？　いや、あのときは別に鳥太郎は驚いていただけだったわね。それじゃあ、里に文を書くのが嫌だったのかしら？　まさかそんなことはないわよね」

ぶつぶつ呟きながら歩いていると、ふいに見慣れた姿に気付いた。

「直吉さん！　私のところに遊びに来てくれたんですか？　まさに、ちょうどいいところに来てくれましたね。嬉しいです」

鳥太郎のいない寂しさに冷えていた胸が、ぽっと温まる。

「聞いてくださいよ。実は鳥太郎が、急に臍《へそ》を曲げていなくなっちゃったんですよ」

はっと気付いて口を閉じた。

直吉には連れがいた。

僅かに白髪混じりの髪。人の好さそうな端正な顔立ち。

「正次郎《しょうじろう》さん……ですか。驚きました。お銀さんとは相変わらずの仲良しでいらっしゃいますか？」

ああ、まさか。

正次郎の暗い顔つきに、心ノ臓をぎゅっと摑《つか》まれたような気がした。

「お銀と私の仲は少しも変わらないさ。大事な大事な女房だよ」

正次郎がふっと笑った。

お奈津の強張《こわば》った胸もほんの少し緩む。

「それじゃあ、どうして……」

どうしてここにいるんですか、と、どうしてそんなに暗い顔をしているんですか、の二つの意味で正次郎を窺《うかが》った。

「お銀さんが風邪をこじらせて寝込んでいるらしい。その上、夜中に不穏な譫言《うわごと》をぶつぶつ呟き続けるせいで、介抱《かいほう》している正次郎さんはろくに眠れないそうだ」

直吉が淡々《たんたん》と言った。

「不穏な譫言、というのはいったいどんなものですか？」

「お銀は、『死にたい、死なせてくれ、殺してくれ』っておっかないことを、ずっと言い続けるんだよ」

お奈津の背筋を冷たいものが走った。

「そ、そんな。いったいどうしてそんな恐ろしいことを……」

「けど、朝になるとお銀は『何も覚えていない、私がそんなことを言うはずがないだろう』って言うんだ。『せっかく大好きなあんたと暮らすことができた、ってのに、どうして私が死にたいなんて思わなくちゃいけないんだい？』って心底気味悪そうにしているんだよ。あれは嘘をついている顔じゃないさ」

正次郎が眉を顰《ひそ》めた。

「お話はわかりました。ですが、どうして私のところへ？　もし桜木の家に想いを残した何かの仕業だとしたら、私ではなく月海住職のほうがお力になれると思いますが」

「お銀さんは人を呼んでいるんだ」

直吉が正次郎と頷き合った。

「そうなんだよ。『死にたい、死なせてくれ、殺してくれ』って言葉に加えて、お銀は『お道《みち》、留太《とめた》』って名を呼んでいるんだ」

「お道さんに留太さん、ですか。お銀さんのお知り合いにはいらっしゃらないんですか?」

「もちろんお銀に訊いてみたさ。けど、『それはいったい誰だい?』ってきょとんとしていたね。私のほうにも一切覚えのない名だよ」

「正次郎さんが、どうしてもその二人を探して欲しいというものだからな。種拾いのお前を紹介しに来たってわけだ」

「そういうことでしたか……。もしもその桜木の家で起きた何らかの出来事に関わっているお二人ならば、きっと私の親方に心当たりがあると思います」

「済まないね。あの家で何が起きたかってのは、私は今更知りたくなくてね。そのお道と留太って二人に頼めばお銀の身に起きている妙なことが収まるってんなら、もうそれでいいんだ」

「それが賢明です。ご供養は、こちらでお銀さんの目に留まらないように済ませます」

直吉が頷いた。

「悪いが、くれぐれもお銀には知られないように頼むよ。あいつだってきっと妙なことが起きちまった今となっては、我が儘を言って桜木の家を借りることにしたことに、済まない気持ちを抱えているはずだからね。お銀にはそんなことで負い目を感じさせたくないのさ」

「正次郎さん、お優しいんですね」

お奈津は感心して言った。

ほんとうにお互いを思い遣《や》る仲良しの夫婦だ。

「わかりました。早速、お道さんと留太さんという二人のことを調べてみますね」

お奈津は正次郎に、そして直吉に頷いた。

五

雨の朝だ。

お奈津が金造の部屋を覗《のぞ》き込むと、金造がぼんやりと虚空《こくう》を見つめていた。

普段の人当たりが良さそうなのに抜け目ない、いかにも海千山千の種拾い、という金造の風貌《ふうぼう》からは考えられないような物憂《ものう》げな横顔だ。

雨の日の身体の重さを払うように大きな声で挨拶《あいさつ》をしようとしたお奈津は、はっとして黙り込んだ。

しばらく金造の横顔をじっと見つめる。

お奈津が戸口にいることにすぐに気付いてくれると思ったのに、金造はどこを見ているのかわからない目をしたままだ。

「ねんねん、ころりよ。おころりよ……」

金造がこれまで聞いたことがないほどに優しい声で、子守唄《こもりうた》を歌っていることに気付いた。

「……金造親方？」

恐る恐る声を掛けると、金造が「おうっ！」と低い声で呻《うめ》いて目を剝《む》いた。

「なんだ、お奈津か！　お前、いつからそこにいたんだ？」

決まり悪そうにこちらを向いた金造がぽんと己の太腿《ふともも》を叩くと、すっかりいつもの性悪なお地蔵さまの顔だ。

「今来たところです」

慌てて取り繕《つくろ》う。

「最近顔を見せねえと思っていたけれどな。この間お前に命じた、火消しの市助が情を通わせている女が誰か、ってのはわかったか？」

「それは今まさに調べているところです。不味《まず》いことに、どうやら市助さんは下戸《げこ》のようでして。前に金造親方が言ったとおり、酒を飲まない男の人ってのは、ほんとうに足取りを摑むのが難しいもんですね」

お奈津は普段どおりの金造にほっとしつつも、その目元に濃い隈《くま》ができていることに気付いてしまう。

「それじゃ、今日は何しに来た？」

「えっと、実は、七五郎さんが直吉さんに紹介したご夫婦の件で、親方に教えてもらいたいことがあって来ました」

「やっぱり七五郎か」

金造が渋い顔をした。

「いいか、お奈津。その話が片付いてお前が知りたいことを訊いたら、あいつからはとっとと手を引きな。もっとも、向こうだってそのつもりかもしれねえけれどな」

金造が己の目を擦《こす》った。

「あいつの話は、なかなか恐ろしいもんがあるぜ。一切の手加減はねえ、ほんとうのことだからな。無事に知りたかったことがわかったら、当分は腑《ふ》抜《ぬ》けて使い物にならなくなっちまう」

お奈津は金造をじっと見つめた。

――親方、七五郎さんから何を聞いたんですか？　さっき歌っていた子守唄と、何か関係があるんですか？

お奈津が胸でそう言っているのがわかるように、金造は目を逸らした。

「それで、直吉が紹介した家でまた幽霊騒ぎが起きたってことか」

「幽霊が出た、ってわけじゃないんです。引っ越してからお内儀《かみ》さんに異変が起きてしまったので、どうにかしなくてはと思っているんです」

お奈津はお銀と正次郎の身に起きた出来事を説明した。

「直吉から、その桜木の家で何が起きたか聞いたのか？」

「ええ、もちろんです」

お奈津は胸元から帳面を取り出した。

「あの家では、年の頃三十くらいの勘蔵《かんぞう》って男が首を吊《つ》ったそうです」

正次郎を桜木の家に送った帰り道に、直吉からその一言だけ教えてもらった。

「へえ、首吊りか。珍しくもねえな。理由はどうせ借金だろう？　男が死ぬときってのはだいたい銭金絡みって決まりさ」

ぞっとするようなことを言いながら、急に目が輝く。

「自害の理由は直吉さんも知りませんでした。桜木の家は畑の隅に建っていますから、近所付き合いもほとんどなかったようです」

「それでその色惚け夫婦の女房が、勘蔵の霊に憑《つ》かれて〝お道〟と〝留太〟を呼んでいるってわけか」

金造がふうんと頷いてから、ぽんと膝を打った。

「こんなのは簡単だ！　借金まみれで女房子供に捨てられた情けねえ亭主の勘蔵が、未練たらたらで化けて出ているのさ。母子《おやこ》二人で健気《けなげ》に暮らす〝お道〟と〝留太〟だな？　だらしねえ亭主に三行半《みくだりはん》を突き付けて、ひとまずは住み込みの働き先を探したに違いねえ。口入屋《くちいれ》連中にちょいと声を掛ければ、すぐに見つかるさ」

「ありがとうございます！」

お奈津はほっと胸を撫でおろした。

金造の語った男女の話に、なるほどと思った。

勘蔵の幽霊は捨てられた己が寂しい死に方をしたことを、せめて〝お道〟と〝留太〟に知って欲しかったのかもしれない。

さすがの年の功だ。

こういうところは、お奈津と直吉ではいくら考えてもわからない。

「任せときな。しかし、その色惚け夫婦の話は気味が悪《わり》ぃな」

金造が顔を顰《しか》めて、鳥肌を擦る真似をしてみせる。

「そんな言い方しないでくださいな。とても素敵なご夫婦でしたよ。齢を重ねても誰かをあんなふうに想えるなんて、羨ましいなあと思いました」

「お前みてえな娘っ子が、何を婆さんみてえなことを言っていやがる。年寄りってのはな、誰だって必ず胸に地獄《じごく》を抱えてるって決まりなんだよ」

金造が己の胸を指さした。

「惚れた腫《は》れたで舞い上がっていられるのは、まだほんとうの地獄を見ていない若者だからこそできることとさ。いい大人が、相手に惚れ込んで熱っぽく見つめ合っているだなんて、吐き気がする。嫌な予感しかしねえや」

「そ、そんなあ……」

金造親方は、若者みたいに華やいでいるご夫婦が羨ましいだけじゃないですか？　さすがにその言葉は呑み込んだ。

「金造親方の言う地獄って、いったい何のことですか？　たとえ齢を重ねて苦労をしつつも、周囲の人に恵まれていれば、地獄を見たなんて恐ろしい言い方は当てはまらない人もたくさんいるんじゃないでしょうか？」

「教えてやろうか。地獄ってのはな」

金造が急に声を潜めた。

「は、はいっ」

お奈津も身を乗り出した。

「大事な誰かを失うことさ」

きょとんとした。

「え？　それってどういう意味ですか？　えっと、確かに今生きているお年寄りで、己の爺さま、婆さま、両親を見送っていない人はいません。でも、長く生きていればいつかは大事な誰かが亡くなる。そんなのってみんな当たり前ですよね？」

お奈津は首を捻《ひね》った。

「ああそうさ。まったくお前の言うとおりさ。みんな当たり前なんだ」

金造がどこか優し気な目をして頷いた。

六

芝《しば》の方丈河岸《ほうじょうがし》近くの土手を川上へ進むと、少しずつ蠅《はえ》が顔の周りを飛び始めた。

赤羽橋《あかばねばし》のあたりは、人目に付きにくく、その上川の流れが速いことから、わざわざ遠くから塵《ちり》を捨てに来る者が多い。

家から出たちょっとした塵ならばまだしも、食べ物屋が客の喰い残しをまとめて捨てたり、いらなくなった盆暮れの飾りや供物《くもつ》が放り込まれていたりと、近づくにつれて凄まじい臭《にお》いと、目も当てられないような光景が広がる。

「ほんとうにこんなところに、お道さんと留太ちゃんがいるのかしら？」

金造によれば、お道は十になる息子の留太と共に、赤羽橋で屑拾《くずひろ》いの仕事をしているという。

集まった塵の中からまだ使えるものを探し出して仕分けて、古着屋や古道具屋に売る。実入りは良いが汚く辛い仕事だ。

「あのう、ここにお道さんと留太ちゃんという母子がいらっしゃると聞いたのですが……」

お奈津は、皆にてきぱきと指示を出していた屑拾いの親分らしき男にあたりを付けて、声を掛けた。

「あ？　何だって？」

振り返った顔に驚く。

男は頭巾を深々と被り、目だけを出して顔を一面襤褸布《ぼろぬの》で覆《おお》っていた。土埃《つちぼこり》と臭いを防ぐためだろう。

「お道さんと留太ちゃんに会いたいんです」

もう一度言った。

「お前は誰だ？」

男が胡散臭《うさんくさ》そうにお奈津を見た。己の力を見せつけるように両腕を腰に置く。

「お道さんのご亭主の勘蔵さんの知り合いです。勘蔵さんが亡くなったことを伝えたくて参りました」

男が目を丸くした。

「そうか！　わざわざ済まなかったな！」

応じた声の明るさに驚く。

「おうい、お道！」

男が声を掛けると、男と同じように頭巾を被り、顔を布で覆った者のうちのひとりが怪訝そうにこちらを向いた。

「この娘さんは、勘蔵の知り合いだそうだ。勘蔵が——」

男が大声でそこまで言ったその刹那《せつな》。

「いやっ！」

お道が鋭い悲鳴を上げて走り出した。

屑拾いの中からひと際小柄な人影に駆け寄って、ひしと抱き締める。

「ま、待て。話は最後まで聞け！　勘蔵は死んだんだとよ！」

男が声を張り上げると、お道が「へっ？」と裏返った声で訊き返した。

「お前たちは、もう顔を隠して逃げ回ったりなんてしなくていいんだ。この娘さんはそれを知らせに来てくれたんだよ」

「嘘でしょう！　勘蔵が死んだなんて、そんな夢みたいなこと……」

お道が声を上げると、傍《かたわ》らの子供が、

「おっかさん、夢じゃねえみてえだよ！　やったね！　毎晩、おらが仏さまにお祈りしたおかげだね！」

と、目に涙を溜《た》めて母親を抱き締めた。

「勘蔵が死んだだって？　お道、よかったねえ」

「やれやれ、これで安心だよ。あんたたち、よく奮闘したさ」

「しかしあの勘蔵が死んでくれるなんてねえ」

仲間たちも一斉に母子のところに集まってくる。

いったいこれは……。

お奈津は何が何やらわからない心持ちで、呆然と皆を眺めた。

「良い知らせをありがとうな。お道と留太は、ずっと勘蔵って下衆《げす》野郎から逃げ回っていたんだ。あいつに捕まったら殺されてもおかしくねえ、っていつも本気で怯《おび》えていたからな。悪人がくたばったって聞いて、俺たちも嬉しいよ」

「……勘蔵さんが、奥さんと子供を苦しめていたってことですか？」

お奈津はなおも混乱しつつ訊いた。

「幾度《いくど》も殺されるような日に遭《あ》わされて、ようやく逃げ出したって聞いたぜ」

そうか、だからお道と留太は、屑拾いの仕事をして顔を隠しながら暮らしていたのだ。

「聞かせてくれよ。勘蔵の野郎はどうして死んだんだい？　ひとたび頭に血が上ったら、やくざ者にも襲《おそ》い掛かっていくような命知らずだろう？　誰かに刺されたか？」

「……自害です」

「へえっ⁉」

男が素《す》っ頓狂《とんきょう》な声を上げた。

「まさか！　俺がお道から聞いた勘蔵は、何があっても自害なんてするような気質じゃねえぞ。いつだって悪いのは俺じゃなくてお前だ！　って吠《ほ》え回って嚙みつきまくっている野犬みてえな奴さ」

お奈津は眉間に皺を寄せた。

「……そんな手が付けられないような悪い人と、どうしてお道さんは所帯を持ったのでしょう」

仲間と手を取り合い、おいおい泣いて喜んでいるお道の姿に、思わず素直な言葉が流れ出た。

「確かにな。あんたの言うことはよくわかるぜ」

男は苦笑いを浮かべてから、

「けど、初めの頃はいい奴だったらしいぜ。お道に会って俺は変わった、これからはお前のためにまっとうに生きるんだ、なんて甘いことを言っていたそうだ。お道はお人好しだからな、そんな屑野郎の戯言《ざれごと》を信じちまったってわけだ」

お奈津が男を見上げると、男は「お道が、聞いてもいねえのに話してきたのさ」と、どこか照れくさそうに笑った。

七

「何だって⁉」

お奈津の話を聞いた金造は、心底驚いた顔で目を瞠《みは》った。

「そりゃおかしいだろう！　女房子供をそんなに怯えさせているような乱暴者の悪人が、どうして誰にも知られずひっそり自害する、なんてお上品なことをしやがるんだ⁉」

こんなに呆気《あつけ》に取られている金造の顔を初めて見た。

「確かにすごく妙ですよね。自害したことを〝お上品〟なんて言っていいのかはわかりませんが……」

つまり金造の見立ては見当違いだったというわけだ。

おまけに勘蔵が死んだと聞いてあれほど大喜びしている二人を前にして、その供養に立ち会って欲しいなんてことが言えるはずがなかった。

「いや、お奈津、違うぞ。俺は自害したことがお上品だなんて言っているわけじゃねえさ。お上品ってのは、誰にも知られずひっそり、ってところのことだ。その手の乱暴な野郎が、頭に血が上りすぎて自害しちまう、って話は聞いたことがないわけじゃねえさ。けどな、そんな屑にとって、己の死ってのは女房子供へのいちばんの嫌がらせになるんだ」

「己の死が嫌がらせになる……ですか」

胸のあたりに黒い染みが広がるような、何とも嫌な話だ。

「そうさ、わざわざ女房子供に見つかるように仕向けて、一生忘れられないような凄惨《せいさん》な場面を見せつけた、ってことなら話はわかる。生粋《きっすい》の悪人なりに屑野郎なりに、最期まで筋が通っていやがるからな。けど勘蔵は、誰にも知られずにひっそりと自害したんだろう？　好き放題にやりやがったくせに、いったい何を気に病《や》んだってんだ？　そんなのはどうも納得できねえな」

　金造が渋い顔をした。

　何かを探そうというように、己のこめかみを人差し指でとんとん叩く。

「……親方の言うことは、私にはわかるようなわからないような感じです」

だが確かに、女房子供をあれほど怯えさせるような男が、二人を見つけ出すことに執念を燃やすのではなく、己を殺すほうに向いたのは不可解だ。

「俺にだって、わけがわからねえさ」

　金造がしきりに首を捻った。

「どうやらここんところ、勘が鈍っちまっているのかね。七五郎が現れたせいさ」

　急に削《そ》げた頬を撫でる。

「……親方。親方に昔、何があったかは訊きません。というか、親方の秘密は私が必ず暴いてみせます」

「おう、そうしてもらおうか」

　金造が不貞腐《ふてくさ》れた顔をした。

「けど、どうぞ身体は大事になさってくださいな。もし万が一、親方のところに幽霊が現れているんだとしたら、月海住職に頼んで――」

「幽霊だって？　そんなものはどこにもいねえさ！」

金造が怒鳴るように言った。

お奈津ははっと息を吞む。

この言葉を、どこかで聞いた。

――伝七《でんしち》親分。

かつてお奈津の目の前で大八車《だいはちぐるま》に轢《ひ》き殺されたやくざ者の親分は、死ぬほんの半《はん》刻《とき》（一時間）前に、今の金造と同じようなことを言って豪快に笑っていた。

「相変わらず、赤ん坊じみた下らねえことを言いやがって。さあ、この話はこれで終わりさ。お前の本分の種拾いのほうはどうした？　七五郎に振り回されて、手前の仕事を怠《なま》けていやがったら承知しねえぞ！」

金造に尻を叩くように部屋から追い出されて、お奈津はため息をついた。

――親方、何もないといいけれど。

胸で呟きながら、言われたとおりに種拾いの仕事に向かわなくてはと、胸元の帳面を開く。

「何よこれ。汚い字ね。ぜんぜん読めないわ」

己が書いた字のはずなのに、今日はどうにも頭に入ってこない。

「なんだかうまくいかないわ。こんなときに鳥太郎がいてくれたらなあ」

そうだ、この数日鳥太郎が帰ってきてくれないから、何もかもうまくいかない気分になってしまったのだ。

大きく息を吸って吐いて。曇り空を見上げる。

と、素早く青い羽に金色の嘴《くちばし》の小鳥が横切った。

「ええっ！　まさか！　鳥太郎⁉」

あっという間に飛び去ってしまった青い小鳥を、思わず目で追い掛ける。

あれっ？

通りの向こうの見覚えのある人影に気付いた。

ふくよかな身体に色白の肌、垂れ目が優しそうな、年の頃五十くらいの女――お銀さんだ。

お銀さん、寝込んでしまったと聞いたけれど出歩けるようになったのね。

せっかくなので、お銀さんの話も聞かせてもらおう。

正次郎さんはお銀さんのことを心配するあまり、物事を大仰《おおぎょう》に話しているということも無きにしも非《あら》ずだ。

お銀さん、こんにちは、とまさに声を掛けようとしたそのとき、お銀の傍らに小柄な男がいることに気付いた。

えっ？

お銀と小柄な男、二人の間が近すぎる。二人はまるで身を寄せ合うようにして、どこか秘め事の匂いを漂わせながら早足に進む。

これは何が何でも見失わないようにしなくては。

お奈津の目元に力が入った。

あらぬところに目を向けていかにもさりげない様子を装って、二人の後を必死で追い掛ける。

「いったい私をどこへ連れて行こうというんだい？」

お銀の声が漏れ聞こえてきた。不安を押し殺すような気丈な声だ。

「それは内緒、内緒です」

男がふざけているような口調で言った。

「おや、怯えているのですか？」

男が面白そうに訊く。

「怯えているだって？　そんなわけないさ。私は毒蛇お銀だよ。あんただってもちろん、私がこれまでに何をしてきたか知っているんだろう？」

「ええ、存じておりますとも。何とも恐ろしいお方です」

男がふと何かに気付いた顔をして振り返った。

その顔には満面の笑みが貼り付いている。

――笑い顔の男！

お奈津が思わず胸の中で叫んだその時。

男の顔が、刹那にして般若《はんにゃ》の形相《ぎょうそう》に変わった。

「きゃっ！」

思わず悲鳴を上げて、びくりと足を止めてしまった。

お銀と男の背はみるみるうちに遠ざかっていく。

あの男に、後を追っていたのを気付かれてしまったに違いない。

お奈津はほんの僅か逡巡《しゅんじゅん》してから、奥歯を噛み締めて踵《きびす》を返した。

「……毒蛇お銀。金造親方ならきっと知っているはずだわ」

お奈津は金造の部屋に一目散《いちもくさん》に駆け戻った。

八

「直吉さん、たいへん、たいへんです！」

お奈津は息を切らせて千駄ヶ谷《せんだがや》の家に転がり込んだ。

「いったいなんだ、その大騒ぎは。のっぺらぼうにでも出くわしたか？」

奥から出てきた直吉が煩《うるさ》そうな顔をするが、そんなこと今は構っていられない。

「のっぺらぼうなんかよりももっと恐ろしい話です！　たいへん！　たいへんなんです！　桜木の家で暮らすお銀さん、ほんとうは稀代《きだい》の大悪女、〝毒蛇お銀〟だったんです！」

毒蛇お銀。それがお銀の通り名だった。

毒蛇の名の由来は、これまでに所帯を持った四人の亭主を次々に毒で殺したと噂されているからだ。

殺された男の家族は皆、お銀が毒を盛ったに違いないとお上《かみ》に必死で訴《うった》えたが、いくら調べても証拠が見つからなくて泣き寝入りの状態だった。

初めはお奈津の話を面倒くさそうに聞いていた直吉の顔つきが変わった。

「お銀はほんとうに、笑い顔の男と一緒にいたのか？」

「ええ、間違いありません。その男、私が後をつけているのに気付いた途端《とたん》に、恐ろしい顔に豹変《ひょうへん》して追い払おうとしたんです」

人の好さそうな笑い顔が、刹那にして般若の形相に変わった光景を思い出し、お奈津は震え上がった。

「直吉、すぐに桜木の家に行っておいで。どうやら私が出ていく羽目になりそうだ」

振り返ると、すっかり腰が曲がった直吉の祖母のおテルが、険しい顔で禍々《まがまが》しい色の数珠《じゅず》を繰り揉んでいた。

「わかった、今すぐに！」

直吉が表に飛び出した。

九

桜木の家に近づくと、「おーう、おーう」という不審な声が漏れ聞こえてきた。

それと同時に強い線香の匂い。

これは人の泣き声。それも大人が悲しみのあまりに泣きわめく嗚咽《おえつ》だ。嗚咽があまりにも取り乱しているせいで、男のものか女のものかさえわからない。

お奈津は思わず直吉の背に隠れるように身を寄せた。

「先に俺が行く。お前は外で待っていろ」

「私も一緒に行きます！　もしも家に勘蔵さんの恐ろしい幽霊がいたりでもしたら……」

「俺は決して何も視えないと言っただろう？」

直吉が寂しそうに微笑んで、撫でるようにお奈津の頭にそっと手を置いた。

「正次郎さん、お銀さん？　家守の直吉です」

直吉が桜木の家の戸を開けた。

直吉の姿が奥に消えそうになったそのとき、お奈津は急に歯の根が合わないほどの寒気《さむけ》に襲われた。

――待って。直吉さん、行かないで。

声が出ない。身体が動かない。

このまま直吉ともう二度と会えなくなってしまうのではないかという不安に、血の気が引いていく。

お奈津がひとりで桜木の家の外で待っていたのはほんの僅かな間のはずなのに、ずいぶん長い時が過ぎたような気がした。

ほどなくして直吉が暗い顔で表に出てきた。

「間に合わなかった」

「正次郎さん、亡くなったんですか？」

お奈津は悲鳴を上げた。

「いや、死んだのは正次郎じゃない。お銀だ」

「えっ？　まさかそんな！」

何が何やらわからない。

直吉を押しのけるようにして家に飛び込むと、中で正次郎がおいおいと泣き崩れ、その腕の中に土気色《つちけいろ》の顔をしたお銀がいた。

「お銀、お銀、なんで死んじまったんだよ。お前がいなかったら、俺はどうやって生きていきゃいいんだ。どうしてこんなことになっちまったんだよ……」

正次郎はお銀の頬を幾度も愛おし気に撫でた。

「ああ、だから人が死んだ不吉な家なんてやめておきゃよかったんだ。俺がもっとちゃんと止めなかったせいで、こんなことになったんだ」

　正次郎が己の頭を激しく拳で叩いた。

「正次郎さん、やめてください！」

　お奈津が止めに入ると、正次郎は涙に濡れた真っ赤な目でお奈津を睨み付けた。

「あんたに罪はないさ。さっきの家守の直吉にもな。けどな、あんたたちは、この家が、人を呪い殺しちまうようなとんでもねえもんだってわかっていたんだよな？　それをわかっていて、お銀がここに住みたいって言ったときに、どうして止めてくれなかったんだよ？」

　正次郎が涙ながらに罵《ののし》る。

「いいえ、私にはこの家に人を呪い殺す力があるなんて思いませんでした。お二人に貸さなければ別の誰かに貸していました」

　直吉がお奈津の背後から、冷めた声で言った。

「じゃあ、お銀じゃなければ他の誰かが同じ目に遭っていたってわけかい？　そんなのってねえだろう？　あんたには人の心がねえのか？」

「他の誰でもなく、お銀さんだから、こうなってしまったのかもしれません。現に、正次郎さんの身には何も起きていないのですから」

「何だって？　どういう意味だ？」

正次郎が直吉の胸倉に摑みかかった。

お銀の頭が床にごとんと音を立てて落ちる。

「正次郎さん、やめてください。ほんとうにごめんなさい。私たち、まさかこんなことになってしまうなんて少しも思わなかったんです」

お奈津は必死で押しとどめた。

骸《むくろ》となったお銀が、うつろな目でこちらをじっと見つめている。

いったい何がどうなっているんだ。

「やめてください、どうかやめてくださいな」

宥《なだ》めているうちに、あまりにも恐ろしくて泣き声が漏れた。

正次郎がそれに気付いてはっとした顔をする。

「お内儀さんのことを悪く言うつもりはありませんでした。ご気分を害されたなら謝ります」

直吉が静かに言った。

正次郎はしばらく直吉を睨み付けてから、

「もういい。すべておしまいだ」

と呟《つぶや》き、再び大きな声を上げて泣き出した。

十

正次郎が引っ越しを終えた桜木の家は、どんよりと暗く寒々しい気配が漂っていた。

お奈津は眉間に深い皺を寄せて家の四隅の暗闇を交互に見た。

まだ一度も姿を視ていない。だがどこかにきっと勘蔵の幽霊がいる。そしてその幽霊は、生身の人であるお銀を殺すような恐ろしい力を持っているのだ。

目を移すたびに二の腕にぶつぶつと鳥肌が立った。

「おテルさん、暗いですから足元にご注意くださいね。直吉、ぼんやりしていないできちんと支えてやっておくれよ。あ、お奈津さん、早くにいらしていただけましたね。もうすぐに始まりますからね」

月海はいつものにこやかな顔で、いそいそと供養の支度《したく》に駆け回る。

今日の供養の場には直吉の祖母のおテルがわざわざ呼ばれた。つまり月海ひとりでは太刀打ちできないような、恐ろしい幽霊が現れるということだ。

おテルはお奈津にちらりと目を向けると、「またあんたがいるのかい」と直吉によく似たしかめっ面をした。

「す、すみません」

直吉とおテルの二人から少し離れたところに座ろうとしたら、直吉にぐいっと腕を摑まれた。

「どこへ行く。今日はずっと俺の横に座っていろ」

「直吉さん、一緒にいてくれるんですか？　嬉しいです。実はすごくすごく怖かったんです」

お奈津が強張った笑みで言うと、傍らで二人を見ていたおテルがふんっと鼻を鳴らした。

「直吉がどこまで頼りになるかは知らないけれどね。今日は青い鳥がいない、ってんだから仕方ないね」

「あれ？　おテルさん、鳥太郎のことを知っているんですか？」

首を傾げたところで、月海が「はい、それでは」と振り返った。

「ご供養を始めましょう」

法衣《ほうえ》に身を包んだ月海がこちらを見て頷く。

「ですがその前に、今日はお奈津さんに大切な注意があります」

「私にですか？」

「今から言うことを必ず守ってください。守らなかったらどうなるかは私にもわかりませんので」

とぼけた調子で恐ろしいことを言う。

「は、はいっ！　もちろん守ります。どんなことでしょう？」

「どれほど恐ろしいものを目にしても、決して声を出さないでください」

月海が己の口を押さえてみせた。

「……わかりました」

「よかった。それではしばらくお付き合いください」

月海がお経を読み出した途端、家の中がぐんと暗くなったのがわかった。

線香の煙が立ち込める。

お奈津は唇をしっかり結んで目を閉じて、月海のお経に耳を澄ませた。

ふと、膝の上にぽとりと何かが落ちた。

目を開ける。

また一つ、ぽとり。固い白いものが手の甲に落ちた。

床の上にまで落ちてしまったものを目で追い掛けて気付く。

これは人の歯だ。

ぎょっとして顔を上げた。

息を呑む。

首が伸びて折れ曲がった男がいた。男がにやりと笑って、お奈津の顔に向かってぺっと歯を吐いた。

血と唾液《だえき》に塗《まみ》れた歯が、お奈津の顔にへばりついてからぬるりと落ちる。

「……！」

両手を握り締めて悲鳴を堪《こら》えた。

直吉が素早くお奈津の拳に掌を重ねた。

はっと顔を上げると、直吉が目だけでしっかりと頷く。

お奈津は涙が溢《あふ》れそうになりながら、幾度も大きく頷いた。

月海のお経がいつもとは違う、どこか禍々《まがまが》しさを感じるほどに激しい調子のものだということに気付く。

「勘蔵！　そっちじゃないさ！　こっちだよ！」

おテルが犬の子でも呼ぶように、己の掌を打ち鳴らして鋭い声を上げた。

男がおテルを振り返った。男の両方の目玉は、半分ほど飛び出していた。

男は獲物を見つけたと気付いた蛇のように、這《は》いながらおテルのほうへ向かう。

「お前の息子夫婦に会ったぞ。三途《さんず》の川のほとりで、生きることも死ぬこともできねえで苦しみ悶《もだ》えていた」

勘蔵がおテルの鼻先を指さして喚《わめ》くように言った。

直吉の両親のことを言っているのだ。

お奈津は咄嗟《とっさ》に直吉の腕にしがみ付いた。高熱が出たように身体が熱い。それなのに途方もない寒気を覚える。

「それはご丁寧にありがとうね。いいことを聞いたよ」

おテルが少しも動じずにせせら笑った。

「勘蔵、あんた、思ったよりもずいぶんさっぱりしたいい顔をしているじゃないか。なのに何の関わりもないお銀を殺すなんて、いったいどうしちまったんだい？」

腕白坊主を窘《たしな》めるような口調だ。

勘蔵がしばらくおテルをじっと見た。

「お銀が自分で死にてえって言ったのさ」

勘蔵が嗄《か》れた声で笑った。口から血が迸《ほとばし》る。また歯が抜け落ちた。

「あんたが言わせたんだろう？」

「生身の女ってのは、いくら言っても男の話なんて聞かねえもんだぜ？　殴《なぐ》っても蹴《け》っても刃物で脅《おど》しても、思いどおりになんてなりゃしねえ。俺は生きているときにそれを思い知ったさ」

勘蔵は何が面白いのか手を叩いて笑う。笑った拍子に目玉が片方落ちた。

「お銀はそっちにいるのかい？」

「ああ、いるよ。生憎《あいにく》、俺は年増《としま》には興味がねえから、こっちで茶飲み友達になってはやれねえけれどな。放っておいたら姿が見えなくなっちまったから、安心して成仏《じょうぶつ》したんじゃねえか？」

勘蔵が拗《す》ねた顔をした。

「そうか。そりゃよかった。お銀は幸せそうだったかい？」

お奈津は驚いておテルを見た。

「ああ、『死んでよかった』って言っていたぜ。『あんたが私を殺してくれたのかい？　どうもありがとうね』って感謝していたさ」

勘蔵が得意気に胸を張った。

「毒蛇お銀なんて悪名を馳《は》せた女が、『あんたのおかげで私は大事な正次郎を殺さなくて済んだ』って、ぽろぽろ泣いていやがるのさ。いやあ、いい話だよ。良いことをするってのは、気持ちがいいもんだね」

勘蔵が胸を張った。

「あんた、お銀に何をしたんだい？」

「お銀に殺された昔の亭主たちを、夜な夜な枕元に呼んでやっただけさ。皆でお銀を囲んで楽しく積もる話をしたいと思ってね」

「そこでお銀に、『正次郎を殺せ』と吹き込んだ、ってわけだ」

「婆さん、鋭いな。そのとおりだ。皆で寄ってたかってお銀の枕元で、『俺たちにしたようにこいつを殺せ』って焚《た》き付《つ》けてやったんだ。幾人も平然と手に掛けたお銀が真っ青になって、『私はこの人と出会って変わったんです。どうかそれだけは』なんて泣いている姿ってのは、見ものだったぜ」

勘蔵がいかにも可笑《おか》しそうに言うと、また血まみれの歯が一つ落ちた。

「そうかい。それでお銀を呪い殺して、あんたは今、幸せかい？」

おテルが言うと、勘蔵は急に白けたように口を尖《とが》らせた。

「意地が悪いことを訊くんだな。幸せだったらとっくに成仏してらあ」

「なんでだろうねえ。あんたも最後の最後で、お銀と同じように大事な人を守ったのに。浮かばれなくちゃかわいそうだ」

勘蔵がはっとした顔でおテルを見た。

「何だって？」

「あんた、若い頃に人を殺したね」

「……どうしてわかるんだよ。まだ俺が里にいた頃の話だぞ」

勘蔵が身を乗り出した。

「酒の席でやくざ者に絡まれたんだよ。舐《な》められるわけにゃいかねえって小刀を振り回してやったら、それが喉元に刺さっちまったんだ。わざとじゃねえんだよ。殺すつもりはなかったんだよ」

勘蔵の落っこちた目玉が、いつの間にか元のところに収まっていた。首吊りのせいで曲がっていた首がまともに戻っていた。口から滴《したた》り落ちていた血が止まる。

現れたのはいかにも小悪党という雰囲気の貧相な男だ。

「そのやくざ者が、夜ごとにあんたの枕元に立った、ってわけだ。『お前が何より大事にしている、お道と留太を殺せ』ってね」

「や、やめろ、やめてくれ！」

勘蔵が震え出した。

現れたときの血と唾液を滴らせ歯を吐き出す化け物ではない。

己のしでかしてしまった恐ろしい過去に怯える生身の男だ。

「あんたは、お道と留太を守ろうとして死んだんだろう？　このままでいたら、いつか己の手で女房と子供を殺しちまうとわかって自害したんだろう？　あんたの人生ってのはろくなもんじゃなかったけれど、最期だけは立派なおとっつぁんだったね」

「う、う、う……」

勘蔵が両手で顔を覆ってむせび泣いた。

「殺すつもりはなかったんだ。俺が粋《いき》がって小刀を抜いたせいで、あんな恐ろしいことになっちまうなんて知らなかったんだ。俺はお道に会って変わったんだよ。これからはあいつのために、留太のためにまっとうに生きるって……」

勘蔵の姿が消えていく。

月海がお経を読み終えて振り返った。

「残念ながら、勘蔵は成仏できたわけじゃないだろうね」

おテルが言うと、月海は悲しそうに目を伏せた。

「人を殺してしまっていますからね。その罪だけは死んだ後も消えません。またいずれ、勘蔵さんの霊と響き合うような住人が現れれば、同じようなことが起きるかもしれませんね」

「直吉、聞いたね？　この家はもう駄目だ」

おテルが言うと、直吉は黙って頷いた。

十一

暖かい日差しに冷たい風が吹く。もうじき冬が終わろうとしていた。

桜木の家に木槌《きづち》を振り下ろす人夫たちの汗まみれの身体から、湯気が立ち上っていた。

お奈津と直吉が見守る中で、桜木の家が壊されていく。

「お銀さんは、正次郎さんを殺さずに済んだことで幸せに亡くなることができたのでしょうか？　成仏できたのでしょうか？」

人夫たちの「気をつけろ！」という叫び声の後、屋根が崩れ落ちた。

土埃が舞う。

「お銀も勘蔵と同じだ。永遠に成仏はできないさ」

「……それはやはり、人を殺してしまったからですか？」

直吉がこくりと頷いた。

「人殺しが死ぬときに見る最後の夢は、永遠に続く恐ろしい悪夢と決まっている。俺が子供の頃から、婆さんがそう話して聞かせてくれたさ。あの人の言うことはおそらく正しいはずだ」

ふいにお奈津は、やくざ者の伝七親分が、目の前で大八車に轢《ひ》かれて死んだときのことを思い出した。

――お前たちか。お前たちがやったんだな。

今わの際《きわ》の伝七の前には、かつて己が手にかけた者たちが現れていたに違いない。

「それじゃあ、勘蔵さんもお銀さんもこれから永遠に悪夢の中を彷徨《さまよ》い続けるんですか？」

そして己と同じような人殺しが、この者のためにならすっかり心を入れ替えて生まれ変わりたいと思えるような、大切な誰かと出会ってしまったとき――。

枕元に現れて、今度はこいつを殺せ、と耳元で囁《ささや》き続けるのだ。

「けれど勘蔵もお銀も、最期は己の良心に従って大事な者を守った。これから長く時が流れれば、心が静まるひとときもあるかもしれない」

「そうであって欲しいです」

むせび泣く勘蔵の姿が胸に浮かぶ。

「勘蔵とお銀に大事な者の命を奪われた家族の前でも、同じことが言えるか？」

お奈津はうぐっと唸《うな》った。

「……それは、言えません」

考えたくもないことだが、もしもお奈津の大事な里の両親が、弟が、婆さまが、
人殺しの手によって殺されたら。

後に遺された者にとってこの世は生き地獄だ。

「ならば軽々しいことを言うな」

お奈津はしゅんと肩を落とした。

「……ごめんなさい。あっ、直吉さん、見てください！」

空を指さした。

「鳥太郎です！　鳥太郎が戻ってきました！」

青い羽に金色の嘴の鳥太郎がお奈津の肩に止まった。

ちゅん、ちゅんと綺麗な声で鳴いて、お奈津の頰に身を寄せる。

「わあ、鳥太郎。お前、いったいどこに行っていたのよ。会いたかったわ」

あまりに嬉しくて涙ぐみそうになった。

「直吉さん、聞いてくださいよ。鳥太郎は、私が里に書いた文の下書きを持って急にいなくなっちゃったんですよ」

鳥太郎に頰を寄せると、楽し気な歌声が響く。

「……きっと今はまだ、里に文を出して欲しくないんだろう」

「え？　それってどういう意味ですか？」

驚いて訊き返した。

「おーい、あんたたち。危ねえからちょいと後ろに下がってな！」

木槌を肩に載せた人夫のひとりに大声で言われて、お奈津は「はーい！」と鳥太郎を守りつつ慌てて数歩後ずさりした。

直吉もそれに従う。

「お嬢ちゃん、もうあとちょっとだ。もしかしたら次の一発で、木材が桜の木に当たるかもしれねえ。丈夫そうな木だから、少しくらいぶつかったぐらいじゃびくともしねえとは思うけれどな」

人夫が蕾《つぼみ》が目立ち始めた桜の木を見上げた。

「は、はいっ！」

素直にもう数歩下がろうとしたら、ふいに誰かにぶつかった。

「七五郎さん？　いったい、いつからそこに……」

振り返ると七五郎が両腕を前で組んで、桜木の家が壊されていくさまを眺めていた。

「女房が死んだか。私の見立てでは、あの人の好さそうな亭主のほうがいかにも死にそうだと思っていたが。例えば、毒を盛られたりしてな」

七五郎がにやりと笑った。

「七五郎さん、もしかしてお銀さんの昔のことを知っていたんですか？」

血相を変えて訊いた。

「私は何も知らないよ」

七五郎が可笑しそうに目を細めた。

「この話の顚末《てんまつ》を聞かせてくれるんだろう？　あんたは見習いながら種拾いだ。そこいらの素人《しろうと》とは違って、ずいぶん細かいところまで話して聞かせてくれそうだ」

「ええ、もちろんです。お約束ですからね。少しも楽しいお話じゃありませんが、吐き気がするほど微《び》に入《い》り細《さい》を穿《うが》って話して差し上げますね」

そのとき人夫たちの怒鳴り声が響き渡った。

「危ないっ！」

「逃げろ！　倒れるぞ！」

お奈津は素早く身構えて周囲に目を巡《めぐ》らせた。

木材の欠片《かけら》が桜の木に当たった。それだけに見えたが——。

「きゃっ！」

今まで少しも危なっかしいところなく、まっすぐに立っていた桜の木が揺れた。

「うわーっ！」

七五郎が悲鳴を上げた。

「お奈津！」

直吉がお奈津の腕を摑もうとするのを振り払って、お奈津は七五郎の腕を咄嗟に摑んだ。

「七五郎さん、こっちです！」

渾身《こんしん》の力で七五郎に身体をぶつけると、お奈津は一緒につんのめって倒れ込んだ。

直後に二人の背後で、桜の木が凄《すさ》まじい地響きを立てて倒れた。

鳥太郎がひどく驚いたように飛び立つと、直吉の肩に止まり直す。

「嘘だろう？　あんなちっぽけな木材の欠片が当たっただけで、こんな大木が倒れるはずがねえや！」

「まったく、間一髪だったな！」

「当たっていたら間違いなく死んでいたぞ！」

人夫たちは呆気に取られている。

桜の幹は、稲妻《いなずま》でも喰らったように真っ二つになっていた。

地面が深く抉《えぐ》れている。

七五郎は呆然としてしばらくその光景をじっと見つめていた。真っ青な顔で、額《ひたい》からは汗が滴り落ちる。

「……七五郎さん、お怪我はないですか？　私は幸い、膝小僧をちょっと擦《す》り剝いただけで済みました。いてててて」

お奈津は泥まみれになった着物を叩《はた》いて、どうにかこうにか立ち上がった。

七五郎が己の額の擦り傷に触れた。顔を歪める。

「どうして私を助けた？」

七五郎が鋭い口調で詰め寄った。

「どうしてと言われましても……」

お奈津はきょとんとして七五郎の顔を見た。

目の前にいる人が危ない目に遭いそうになったら、助けるのに理由なぞない。

七五郎はまるでお奈津が余計なことをしたと責めるかのように、鋭い顔つきで睨み付けてくる。

「せっかく助けてあげたんですから、そんなに怖い顔をしないでくださいな」

お奈津は気まずい心持ちで肩を竦《すく》めた。

命の恩人だと泣いて喜ばれたいわけではなかった。だが、どうして命を救ったんだと責められるような羽目になるなんて思ってもいなかった。

この七五郎という男は、これまでいったいどんな人生を歩んできたのだろう。

「お前は何が知りたいんだ？　借りは返そう」

しばし黙ってから七五郎が唸るように言った。

「……それじゃあ、直吉さんのご両親に繋がることを教えてくださいますか？」

背後で直吉が息を呑んだのがわかった。

「お奈津、ちょっと待て」

直吉を無視して話を続ける。

「私、何が何でも直吉さんのご両親を探し出したいんです。これから先、人を飲み込む幽霊屋敷に関わりそうな話を聞いたら、私に知らせてもらえませんか？」

恐る恐る七五郎の顔を窺った。

「……ああ、わかった」

七五郎がいかにも嫌そうに顔を顰《しか》め、頷いた。

「やった！」

お奈津はその場で手を叩いて飛び上がった。

「直吉さん、ぜったいに直吉さんのご両親を助け出しましょう！」

お奈津は小さな妹が兄の手を取るように、直吉の掌を握った。

力強くぶんぶん振る。

「わかった、わかったから、手を放せ」

「直吉さんの口からきちんと決意を聞いたら、放してあげます」

「何の決意だ？」

「ご両親を必ず助け出す、という決意です。さあ、直吉さんも言ってくださいな」

――三途の川のほとりで、生きることも死ぬこともできねえで苦しみ悶えていた。

勘蔵の不穏な言葉が胸に蘇《よみがえ》る。

けれどそれで臆病心《おくびょうごころ》を出すのはまっぴらだ。

直吉の両親はまだ死んでいないとわかった、それだけでじゅうぶんに嬉しい知らせだ。

「……俺は、両親を助け出す」

直吉が、まるで蚊《か》が鳴くような小さな声で呟いた。

「そうです！　よく言えましたね。直吉さん、えらいですね。それじゃあ約束どおり手を放してあげましょう」

「まったく年上に向かってなんて言い草だ」

鳥太郎が、るるるる、と明るい声で鳴いた。

この物語はフィクションであり、実在した人物・団体などとは一切関係ございません。

本書は書き下ろし作品です。

著者紹介

泉 ゆたか（いずみ　ゆたか）

1982年神奈川県逗子市生まれ。早稲田大学卒業、同大学院修士課程修了。2016年『お師匠さま、整いました！』で第11回小説現代長編新人賞を受賞し、作家デビュー。2019年『髪結百花』で、第8回日本歴史時代作家協会賞新人賞と第2回細谷正充賞をダブル受賞。著書に「お江戸縁切り帖」「眠り医者ぐっすり庵」「お江戸けもの医 毛玉堂」シリーズ、『幽霊長屋、お貸しします（一）』『おっぱい先生』『れんげ出合茶屋』『君をおくる』などがある。

PHP文芸文庫　幽霊長屋、お貸しします（二）

2023年8月21日　第1版第1刷

著　者　泉　ゆ　た　か
発行者　永　田　貴　之
発行所　株式会社ＰＨＰ研究所
東京本部　〒135-8137　江東区豊洲5-6-52
文化事業部　☎03-3520-9620（編集）
普及部　☎03-3520-9630（販売）
京都本部　〒601-8411　京都市南区西九条北ノ内町11
PHP INTERFACE　https://www.php.co.jp/
組　版　株式会社PHPエディターズ・グループ
印刷所　大日本印刷株式会社
製本所　株式会社大進堂

ISBN978-4-569-90333-0

PHP文芸文庫

幽霊長屋、お貸しします（一）

泉ゆたか 著

事件を集める種拾い・お奈津は〝幽霊部屋専門〟の家守、直吉に出会い――。「時代小説×事故物件」の切なくも心温まるシリーズ第一作！

PHP文芸文庫

本所おけら長屋（一）～（二十）

畠山健二 著

江戸は本所深川を舞台に繰り広げられる、笑いあり、涙ありの人情時代小説。古典落語テイストで人情の機微を描いた大人気シリーズ。

PHP文芸文庫

鯖《さば》猫《ねこ》長屋ふしぎ草紙（一）〜（十）

田牧大和 著

事件を解決するのは、鯖猫!? わけありな人たちがいっぱいの「鯖猫長屋」で、不可思議な出来事が……。大江戸謎解き人情ばなし。

PHP文芸文庫

いい湯じゃのう(一)~(三)

風野真知雄 著

徳川吉宗が湯屋で謎解き⁉ そこに江戸を揺るがす、御落胤騒動が……。御庭番やくノ一も入り乱れる、笑いとスリルのシリーズ!

PHP文芸文庫

仇《かたき》持ち

町医・栗山庵の弟子日録（一）

知野みさき　著

兄の復讐のため、江戸に出てきた凜。仇に近づく手段として、凄腕の町医者・千歳の助手となるが――。人情時代小説シリーズ第一弾！

PHP文芸文庫

桜色の風

茶屋「蒲公英《たんぽぽ》」の料理帖

五十嵐佳子 著

五十五歳のさゆは隠居生活から心機一転、茶屋を開店する。絶品みたらし団子とお茶、そして聞き上手のさゆが心を癒やす人情時代小説。